# THE FALL OF THE HOUSE OF USHER

and
Other Great
Tales

# 亞瑟府的沒落

Netflix 話題影集改編原著
人性邪念的極致洞察，愛倫坡驚悚短篇傑作選

愛倫坡——著 沈聿德——譯

EDGAR ALLAN POE

# 目次
CONTENTS

## 輯三 愛與死



## 輯四 錯亂與瘋狂

輯一

# 崩潰與毀滅

*Collapse and Destruction*

# 亞瑟府的沒落
The Fall of the House of Usher

他的心是把緊緊上了弦的魯特琴，
撥弄就振聲迴響。

——貝朗瑞（De Béranger）

在某個天空烏雲低垂壓頂、陰暗無光的秋日，我隻身騎了一整天的馬，穿過一片淒涼無比的鄉野，四周寂靜無聲。就在夜色將近之時，我遠遠見著了讓人不勝唏噓的亞瑟府。儘管說不出所以然，但瞥見那座宅邸，我卻感到一股難以承受的愁悶，席捲心頭。之所以說這教人難以承受，是因為自然景象即便再怎麼荒涼或難以入眼，通常也因饒富詩意之故，讓人多少心生愉悅情懷。然而，就連這樣的情懷，也舒緩不了我瞥見亞瑟府時的愁悶。我提不起一絲勁地望著眼前的景物：孤孑的府邸和院落中簡單的造景、慘澹的垣牆、猶如眼睛般目光茫然的窗戶、幾撮濃密的雜草，還有一些乾白的枯樹幹。若真要用世俗的感受比喻這樣的萬念俱灰，就只有從鴉片帶來的狂歡中醒來的感覺，才夠貼切吧。也就是回到日常的那種苦澀感——美好的面紗落下，醜惡的了然。我的心一沉、一寒、一噁。無論怎麼盡力想像，都絕對無法把這種無救的陰沉，化為任何美好之物。我停下來思考，自己注視亞瑟府時，究竟何以如此恐懼不安——到底出於何故？這是不解之謎。連深思其中原由時，自己滿腦子那些無以名狀的想像，我也無法理解。在別無選擇之下，我只得接受一個讓人不滿意的結論：將十分簡單的自然景物組合起來，確實會出現影響你我的力量。不過，我們的思維卻不足以分析這種影響力。我反思著，只要將眼前場景的特徵、畫面的細節稍加改動，想必便足以改變或消除它讓人感覺憂傷的能力吧。我把這念頭化為行動，駕著馬前往大宅旁的山中小湖。湖岸陡峭，氣氛陰森，湖面泛著光，一片平靜。我凝視著灰色雜草、駭人的樹木枝幹，還有如眼睛般目光茫然的窗戶在水中扭曲的倒影。這會兒，不寒而慄的感覺猶勝此前。

儘管如此，我還是打算在這死沉的大宅待上幾個禮拜。大宅的主人羅瑞克．亞瑟是我兒時的密友，只不過，我們已經多年沒見。然而，遠居他鄉的我，最近卻收到一封為文急切的信，來信的人就是他。我別無選擇，只得親回不可。從信稿內容足見他惶惶不安。他提到自己重病，深受心理疾病所苦，而且還說他非常希望見見自己最好的朋友——唯一的密友。他認為，與我交誼帶來的快樂，或多或少可減輕他的病痛。他娓娓道來這一切的態度，還有提出要求時半點不假的真心，再再讓我沒有遲疑的餘地。儘管我依然認為這是十分異於尋常的要求，還是二話不說，應允了他的要求。

雖然我們是孩提時期的至交，但我對這位朋友實在所知甚微。他總是習慣性地有所保留，格外內斂。不過我曉得，長久以來大家都知道他們這支家族感性獨具，從他們世代以降收藏的貴重藝術品，便可知曉。晚近，他們還不斷透過慷慨卻不張揚的善行義舉，熱切支持音樂這種有別正統且較不易產生共鳴的藝術，展現獨特的家族性情。我還曉得一件意料外的事：雖然亞瑟家族歷史悠久，卻從未開枝散葉。換句話說，整個家族向來一脈單傳，就算有變動也維持不久，不值一提。我心想：大家公認的家族性格，正可完美保留亞瑟府的特色。同時，幾個世紀下來，家族性格與大宅，或許還彼此相互影響。我認為，可能是旁支不足的問題，再加上不變的父子承襲，讓這個家族，最終與房宅融為一體，進而成就出「亞瑟府」這個奇特又指涉不明的稱號。在佃農的心目中，這個名號，似乎同時包含這個家族與家族大宅了。

如前所述，我那略帶幼稚的嘗試——俯視大宅邊山中小湖的動靜，只不過加深了第一眼的奇異感受而已。人哪，一旦意識到自己盲目的恐懼感加劇——不如就以盲目的恐懼稱之吧，恐懼感就真的會越變越重。我早就明白，所有建立在恐怖之上的感受，都依循著這個矛盾的道理。而且，或許正因如此，當我的視線，從湖中倒影移往大宅本身時，就莫名地開始胡思亂想了。這胡亂思緒的荒謬程度，之所以值得一提，不過是為了說明折磨著我的感覺，力量多強烈。我妄想到真以為整座大宅與院落瀰漫著獨特的氛圍，鄰近地區亦是如此，與空氣中的氣息完全不同。那是從朽木、灰牆，還有一片平靜的湖面散發而出的濃烈致命氣息，灰暗而神祕、死氣沉沉又難以辨識。

撇開這一切肯定是妄想的感知，我開始細細查看這座大宅的真實面貌。感覺起來，它的主要特色就是年代極為久遠。建築歷經世代，褪色相當嚴重。外牆爬滿了小小的真菌類植物，彷彿蜘蛛網般，雜亂地垂掛在屋簷下。不過，除此之外，倒無嚴重失修之處。石牆處處完好，沒有傾倒。每塊石頭都還是彼此穩穩依偎著，只是各個石塊破損嚴重，看上去非常不協調。這再再讓我想起那種多年無人聞問、對外又不通風的地窖裡頭，外表看似完整實則早已腐朽的老舊木作。話說回來，除了這種大規模的朽腐跡象，結構上倒幾乎看不到有什麼不牢固的地方。或許，細看的話，會發現有條幾乎察覺不到的裂縫，從前方大宅的屋頂，一路曲曲折折地順著牆下裂開，沒入陰暗的湖水之中。但這要很仔細觀察才看得到就是了。

我一邊觀察，一邊策馬穿過堤道，抵達門口。我將馬交給侍從後，走進了哥德式的拱門長廊。接著，輕手輕腳的男僕，引領我靜靜地穿過許多黑漆漆又錯綜複雜的走道，往他主人的工作室前去。走著走著，不知怎麼，映入眼簾的東西，讓我先前提及的種種莫名感受，更為強烈。雖然周遭不過都是孩提時期就看慣的物品——天花板的雕刻、牆上陰鬱的掛毯、濃重的黑檀色地板，還有經過時會發出喀嚓聲響的武器展示品，我也完全承認這一切十分熟悉，但我還是很訝異，眼見的尋常之物，竟可激發出如此陌生的胡亂妄想。登梯時，我遇見亞瑟家族的醫師。他看起來是個聰明人，但感覺起來人不太老實，而且一臉疑惑。他神色匆匆地同我隨聊幾句之後，便走掉了。這時，男僕突然打開一道門，領著我走到他主人跟前。

我發現自己身處的這間房間，相當寬敞，分外挑高。尖窄的長窗，離地很高，站在黑色的橡木地板上，根本無法全部搆到。透過窗格，深紅色的微弱光束照得周遭比較顯眼的物品清清楚楚。只不過，再怎麼看，也看不到房裡遠處的角落，或拱頂天花板的凹陷處。牆壁上掛著深色的帷幔。該有的家具應有盡有，看來都年代已久，破爛不堪，滿是陰沉之氣。雖然有許多書籍和樂器凌亂散布，卻沒能增添一分生氣。我覺得自己嗅到了悲傷的氛圍。一種擺脫不了也無可救藥的陰鬱氛圍，籠罩在每個角落，無一倖免。

我一走進去，本來平躺在沙發上的亞瑟，就馬上起身，興奮熱情地跟我打招呼。起初我覺得他熱情過頭，想來是窮極無聊之人的刻意之舉。不過，瞥見他的神情後，我相信他出於真心誠意。我倆坐了下來。我細細端詳了他一會兒，心裡既同情又大感不可思議。真的，沒有人能像羅瑞克．亞瑟那樣，在那麼短的時間裡，有那麼大的改變吧！我費了好大功夫才說服自己，眼前的這個人，就是我的兒時玩伴。話說回來，他臉上的特點倒是一如以往那樣教人印象深刻。他的膚色蒼白，眼睛無比澄澈明亮；雙唇雖薄且唇色黯淡，但唇形漂亮至極；有著標準希伯來人的精緻鼻子，只是鼻孔大了些；下巴輪廓精美但不突出，表示這個人較不堅持黑白對錯分明；頭髮細軟猶勝蛛絲；這些五官還有太陽穴以上極寬的天庭，加總組合出一張令人難忘的容貌。如今，這些五官的顯著特色及其慣常表達的神情，只不過誇張了點，我卻覺得改變甚大，懷疑眼前同我說話的人是誰。眼下那蒼白如鬼的皮膚與不可思議的明亮雙眼，尤其教我吃驚，甚至感到畏怯。還有他那柔軟如綢的頭髮，疏於照理，稀疏無章，不是服貼在他臉上，而是飄動著。我再怎麼努力，也無法把這種可怕的神態跟人聯想在一起。

我還覺得我這個朋友的舉止，既不連貫也不協調。而我很快發現，那是因為他有慣性痙攣（也就是神經過度激躁），想刻意壓制卻又無力控制才造成的結果。不過，面對這樣的狀況，我倒早有心理準備。這不只是因為讀了他的信，而早有猜測，同時也因為我依稀記得他小時候的特徵。何況，從他罕見的體態與急躁性情，也可多少推知。他的舉止一下興奮作態，一下又沉悶陰鬱。他說話的聲音一會遲疑顫抖（彷彿生氣暫時完全停擺那樣），一會又變得抖擻乾脆——生硬、空洞、加重、說話時字字清楚，不急不慢。那是一種由喉嚨清楚調節，發出字字平衡又不帶情感的說話方式。只有兩種人如此說話：喝得七葷八素的醉鬼，或是嗨到無可救藥的鴉片鬼。

他細數著邀我來訪的目的，想見我一面的真心誠意，還有希望我能帶給他的慰藉。此外，還多少詳談自己覺得自己得了什麼病。他說，這是先天性的家族疾病，他已經不抱任何找到治療方式的希望。隨即他又說，這不過是神經疾患，肯定一會兒就會消失。這種病的病徵，從他一堆反常的知覺，可見一斑。

那鉅細靡遺的描述，一部分讓我聽得著迷，只不過，即便他用的詞彙和陳述方式，或許都帶有重要性，但我依然難以理解。病態的感官敏銳度，讓他吃了不少苦頭：他只吃得下最寡淡無味的食物；只能穿某種質料的衣服，任何花的香味都讓他難以忍受；就算最微弱的光也會刺痛他的雙眼；只有弦樂器的獨特樂音，才不會讓他心生恐懼。

我發覺他被異常的恐懼焦慮圈囿。「我一定會死，」他說道，「我肯定會死於這糟糕的怪病。沒錯，我只能像這樣殞落。我懼怕未來的事，不是事情本身，而是它們帶來的後果。一想到任何會造成精神上難耐不安的事，我都會嚇得發抖，就連芝麻蒜皮的小事也一樣。其實，我不厭惡危險，只是厭惡危險招致的純然後果，也就是恐懼。我覺得，在這樣煩惱難安、虛弱可憐的情況下，我對抗著猙獰的幻想，也就是我的恐懼。遲早，我連自己的生命跟理性都守不住。」

除此之外，我還可以不時地從他不連貫又含意曖昧的暗示裡，發現他精神狀態上的另一個特徵。他對自己所住的大宅，有些迷信，因此多年來他都不敢離開。這個迷信的影響力，表達起來太過模糊，我無法重述。據他所言，那影響力來自於家族大宅外形與材質上的部分異常之處。長期忍受的結果，就是讓他精神耗弱。灰牆和塔樓的形制，以及它們俯對的幽暗小湖，長時間下來都對他的精神造成影響。

不過，雖然他欲言又止，倒還是承認，有一個比較合情合理也顯而易見的原因，可以解釋折磨著他的這一切怪異憂思。很可能是因為他心愛的妹妹長期罹患重病，大限將至之故。妹妹是多年來唯一陪在他身邊的人，也是他世上僅存的親人。他帶著一種我永難忘懷的悲苦說道：「她一死，亞瑟家族，就只剩了無希望又孱弱不堪的男丁了。」於此同時，我發現瑪德琳小姐（大家都這麼稱呼她）緩緩穿過這個大房間的遠處一隅。她沒注意到我人在這兒，就消失了。我感到十足驚訝，也免不了害怕，但卻無法解釋自己的這股感受。我盯著她離去的腳步，一種恍惚感襲來。等瑪德琳離開，關上門時，我本能地望向這位哥哥，急切地想看看他的表情。不過，此時他已經用雙手捂住自己的臉，我只能感受到他那瘦骨嶙峋的手指，比平常更蒼白了。而且，熱淚在指縫間，淌淌流下。

瑪德琳小姐的醫師，早就對她的病束手無策。他們診斷到的結果，非比尋常：病人會表現出無法改變的冷漠，而且日益消瘦，身體局部還會出現陣發性的短暫僵硬症。她一直都沒有屈服病榻，堅持與這怪病對抗到底。然而，就在我抵達大宅當晚，她終究難敵死神（那一晚，她的哥哥用無以形容的激動，向我訴說妹妹的撒手而去）。我那時才知道，那驚鴻一瞥，可能就是最後一面。我再也見不到活的瑪德琳小姐了。

接下來好幾天，我和亞瑟都不提她的名字。而且，在這段期間裡，我還努力地忙著一解朋友的哀愁。我和他一同畫畫，一起讀書，再不就是聆聽他以樂代語，即興彈奏六弦琴，恍若置身夢中。就這樣，隨著我倆越發親密，我能毫無保留地進入他的內心深處，我也同時越悲痛地意識到，要讓他打從心裡開心，都是徒勞無功。他的內心世界與外在一切向來籠罩著憂思，彷彿陰暗是他與生俱來的正面特質。

我就這麼和亞瑟府的主人單獨相處，度過了許多至誠以待的時光。這是永難忘懷的。話說回來，我卻無法解釋他為什麼要找我一起做某些事，或帶著我讀某些東西。他那激動而病態的創造力，讓一切都蒙上駭人的面紗。他即興演奏的輓歌長曲，將會永遠在我的耳畔迴響。我尤其忘不掉他把〈馮·韋伯最後的華爾滋〉一曲的激昂，改編得奇特又誇張。他的奇思妄想徜徉在畫作之中，一筆一筆地，越畫越教人看不出所以然，而我正因看不出所以然而害怕，越看覺得越害怕。那些畫雖然生動，但就算要我想辦法從中推論出什麼，區區文字也無法描摹。任何人都會被這種完全的坦率與構圖的直接吸引，受其震懾。如果真的有人能把想法畫出來，非羅瑞克·亞瑟莫屬。最起碼對我而言，在當時身處的環境下，這位憂鬱病患想辦法揮灑在畫布上的純粹抽象概念，讓人望而生畏。就連我看佛謝利[1]鮮明強烈有餘、但抽象不足的遐想畫時，也從未覺得如此難以忍受。

他的幻想構思中，有一個沒那麼抽象，文字或可勉強暗示其中的概念。那是一幅小張的畫，主體為極長的方形地窖或隧道內部，畫裡延伸四周的低矮白牆，表面光滑，沒有紋路。從構圖的部分陳設大可看出，這個開鑿出的空間，在地底深處。這麼大的空間裡看不到任何出口，同時，也沒有火把或其他人工光源。即便如此，整個空間盡充滿強光，照得通室輝煌，感覺既不相稱，看了也不舒服。

我方才曾經提到，疾病導致他的聽覺神經受不了所有的聲音，除了部分弦樂的樂音例外。也許，就是因為他能忍受的樂音有限，所以他只談吉他。因此，在很大程度上，他的演奏表現，才能如此空幻。話雖如此，這卻解釋不了他的即興之作何以如此激越流暢。這些作品肯定早就存在於他恣意奇想的音符和文字之中（因為他還蠻常邊彈，邊即興唱出押韻文詞），心神必須極為鎮定專注，才能創作得出來。我先前已略微談到，那樣高度集中的精神狀態，只有受到極致的人為刺激，才會出現。我輕易記下了其中一首狂想曲的歌詞。也許，他唱的時候，我彷彿能從歌詞的寓意或隱意之中，第一次對亞瑟完全感同身

1 佛謝利（Henry Fuseli，1741-1825），浪漫主義畫家，許多作品都涉及超自然的主題。在代表作〈夢魘〉（The Nightmare）中，直接將抽象的「噩夢」概念具象化，以夢魘形象呈現。

受，意識到他那高高在上的理性，搖搖欲墜。因為如此，我對這首曲子印象就更加深刻。這支曲子叫〈鬧鬼的宮殿〉，以下的歌詞，就算並非字字精確，也相去甚微：

I.

曾經，在我們鬱鬱蒼蒼的山谷裡，
聳立著一座富麗堂皇、熠熠生輝的宮殿，
善良的天使，居住其中。
這座宮殿就坐落在，
思想王國的國土上。
在六翼天使飛越過的建築裡，
就屬這座宮殿最美。

II.

金黃的旗幟光輝燦爛，
飛舞在宮殿之頂。
（這總總一切都是過往雲煙。）
在那樣美好的時日裡，
徐風輕拂。
隨著城牆煙滅灰飛生氣不再，
天使也遠離不回。

III.

遊人在那歡樂之谷，
透過兩扇發亮的窗戶，

瞧見精靈圍繞著王位，
應和著弦琴的音樂漫舞，
思想王國的統治者（儲君），
莊嚴端坐，
威儀得當。

IV.

華美的宮殿大門，
滿布紅寶與珍珠，
透過珠寶，宮殿更加光輝閃耀。
成群結隊的回音女神，
只有一個使命：
用無以倫比的美聲，

頌讚著國王慧黠與明智。

V.

可惜邪惡披著憂傷的長袍，
侵入國王的王室領土。
（嗚呼！吾人致哀，吾王再無明日，哀哉！）
宮殿周圍曾興旺繁茂的榮景，
如今不過是印象模糊的
塵封往事。

VI.

而今踏入那山谷的旅人，

透過照得火紅的窗戶，
瞧見幢幢鬼影，
應和著刺耳旋律古怪地扭著。
同時，大量的醜惡群眾不止息地
衝出慘白的大門，
如可怕的河水滾滾滔滔之勢，
他們大笑，卻愉悅不再。

我清楚記得，可以從這首曲子的言下之意，推論亞瑟的思路為何。我之所以要提亞瑟的看法，並非因為它有何新穎之處（畢竟其他人也曾有類似的想法），而是因為亞瑟對它的執拗。大體說來，亞瑟認為草木皆有感知力。然而，在他錯亂的奇思異想裡，這種看法又更為大膽，甚至在某些情況下，肆無忌憚。我筆拙，表達不出全貌，也說不清楚他怎麼全心全意拋開自己過去相信的事。不過，這個看法跟他祖先大宅的灰石有關（這我之前也暗示過了）。在他的想像當中，這些灰石組合堆砌的方式與順序、其上真菌的配置、四周枯樹的排列——尤其是長年下來，這種未經干擾的配置模式能屹立不搖，還有小湖平靜水面上倒映出的一切，全都存在著感知力。他說（而且他說的時候我嚇了一大跳），這種種配置，自成與湖水和石牆有關的氛圍。氛圍緩慢凝結，越發濃重，但真切存在，那就是證據——感知力的證據。他接著說，幾百年來，那種無聲無息卻糾纏不休的可怕影響，左右了他們家族的命運，把他變成如今我眼見的樣子，變成那樣的人。由此，就可看出感知力造成的後果。這種看法無人可以置喙，我不予評論。

可想而知，我們看的書也跟這種幻想的特質，息息相關。多年以來，這樣的書，對他這病人的精神狀態影響不小。我們一起細細閱讀了格勒塞的《鸚鵡與修道院》[2]、馬基維利的《惡魔貝爾芬格》[3]、史威登堡的《天堂與地

---

2 格勒塞（Jean-Baptiste-Louis Gresset，1709-1777），法國詩人。《鸚鵡與修道院》（*Ververt et Chartreuse*）講述一隻生活在修道院，名叫Ververt的鸚鵡的故事。牠無知、但有時又會冒出智慧之語。

3 《惡魔貝爾芬格》（*Belphegor*），故事主角是一位墮落天使，最後化身為惡魔。其中，惡魔附身的經歷為該書的重要情節。

獄》[4]、霍爾堡的《尼古拉・克里姆的地底遊記》[5]、羅伯特・弗拉德、尚・丹達涅和德・拉・尚布爾合著的《手相》、蒂克[6]的《藍色的遠行》、康帕內拉的《太陽之城》[7]等等。我們最喜歡道明會的艾梅里克・德吉隆聶寫的八開本《宗教法庭手冊》。亞瑟會坐上好幾個小時，迷醉地想著地理學家龐波尼耳斯・梅拉筆下關於古非洲森林之神和牧神的內容。不過，他最愛翻閱一本極其稀罕的哥德活字印刷四開本奇書——那是某個為人遺忘的教會，所使用的手冊——《美因茨教會追思亡者文》。

我忍不住想到書裡所提的荒唐儀式，以及它很可能對我這個憂鬱的朋友帶來的影響。例如：那晚，他突然告訴我瑪德琳小姐過世，接著就說自己打算把妹妹的屍體，放在大宅主牆裡的其中一個地窖十四天。話說回來，這奇特行為背後的動機，由不得我質疑。這個哥哥下定決心如此，乃出於許多考量（他是這麼告訴我的）：亡者的疾病不尋常、醫生們又冒失急切地要打探些什麼，而且家族墓地地處偏遠又毫無遮蔽等等。我不否認，想到抵達亞瑟府當天，我在樓梯巧遇的那個人的陰險臉色，我就一點也不想反對他這種充其量無害、也合乎常理的保險之舉。

在亞瑟的請求下，我答應親自幫他安排臨時的入葬事宜。屍體已經入棺，我們兩人獨自抬著它前往安放之處。我們安放棺木的地窖又小又潮濕，光還完全照不進去。這座地窖在大宅中的位置，是我臥房正下方的地底深處。（但地窖太久沒開過，裡面的空氣差點悶滅了我們的火把，害我們沒什麼仔細看看的機會。）看得出來，這地窖在遠古的封建時代作為地牢之用，後來就用來存放火藥或其他易燃物，與外連接的拱廊都小心翼翼地包上了紅銅。地窖那扇用厚實

4 史威登堡（Emanuel Swedenborg，1688-1772），瑞典神祕主義者。《天堂與地獄》（*Heaven and Hell*）講述作者長年來回穿梭於天堂、地獄以及靈界的實際經驗。

5 霍爾堡（Ludvig Holberg，1684-1754），丹麥—挪威哲學家。《尼古拉·克里姆的地底遊記》（*Subterranean Voyage of Nicholas Klimm*）為諷刺科幻小說。主角意外陷入地下世界，開啟一段奇幻冒險的旅程。

6 蒂克（Ludwig Tieck，1773-1853），德國早期浪漫主義作家，作品充滿幻想、神祕元素，並經常描述了超自然力量的存在。

7 康帕內拉（Tommaso Campanella，1568-1639），義大利文藝復興哲學家。《太陽之城》（*The City of the Sun*）描繪一個推崇聖人統治的共產理想社會。

的鐵打造的門，也一樣覆蓋著紅銅。門的巨大重量，壓在鉸鏈上，開合時會發出分外尖銳的刺耳聲。

我們把靈柩架在這個恐怖之地，稍微挪開了還沒釘上的棺蓋，瞻仰死者的面容。我第一次注意到這對兄妹二人竟如此相像。亞瑟或許猜到我在想什麼，小小聲地告訴我他和死去的妹妹是雙胞胎，一直以來，他們之間都存在著一種幾乎無人理解的共感效應。不過，因為看到會怕，我們的目光都沒有在死者身上停留太久。這個害死錦瑟華年女子的疾病，跟所有僵硬症相關的疾病一樣，都諷刺地在死者的胸口和臉上留下一抹淡淡紅暈，唇上則蹊蹺地留著一抹微笑，相當駭人。我們重新將棺蓋蓋上鎖好，關緊鐵門，疲憊地往地面上走，回到大宅那些同樣陰暗的房間。

悲慟了幾天後，如今，我朋友的精神病病徵出現了顯著的變化。他平常的舉止，都消失了。他不再重視平日裡會做的事，連想也不再想。他踏著紛亂不一的步伐，漫無目的地遊盪在各個房間。原本就蒼白的面容，不合常理地變得更加死灰。明亮的目光，已了無蹤影。再也聽不到他時而低沉的音調。現在，他彷若受到莫大驚嚇，說話時都一貫聲音顫抖。有時我真的會認為，他的心神焦慮不止，努力要面對沉重的祕密，而他拚搏著想鼓起必要的勇氣，一吐為快。不過，有時候，我又不得不把這一切解釋成難以理解的瘋狂行徑。畢竟我曾親眼目睹他無比入神地凝視著空蕩蕩的地方，久久不能自已，好像在聆聽某種虛構的聲音。也難怪他的狀況讓我害怕，連我都會受到感染。我覺得他古怪卻深具感染力的盲目恐懼，多多少少，一點一點地，漸漸對我產生了離奇的影響。

那種影響，在瑪德琳小姐被放進地窖的第七天或第八天深夜，讓我尤其體會深刻。當晚，時間一小時一小時地流逝，臥榻上的我，卻一點也不睏。我努力勸服自己要想辦法擺脫焦慮與緊張感的控制。我極力地要讓自己信服，那些莫名的感受，十之八九都來自於房裡那些晦暗陰鬱的家具。破爛的深色帳幔，被狂風無情吹拂，斷斷續續地打在牆上，弄得床上裝飾窸窣作響。然而，我再怎麼說服自己，都是枉然。慢慢地，我全身開始遏抑不止地發抖。最後，那無端端的恐懼，壓上心頭。我倒抽了一口氣，想奮力擺脫這種感覺，同時倚著枕頭，撐起身體，認真盯著漆黑的房間。我沒來由地——也許只是出於直覺吧——豎起耳朵，仔細聽著狂風間歇時出現的低沉含糊聲音。那不知從何而來的聲音，斷續出現，間隔時間很長。我被這無緣無故的恐懼感壓得難受，心想，今晚大概不會睡了。於是，我急忙套上衣服，在房裡來回快步踱著，希望讓自己脫身，不要深陷於這種可憐的處境。

我才來回走沒幾趟，就注意到緊鄰的階梯上，傳來輕輕的腳步聲。我豎起耳朵聆聽。不多久，就認出那是亞瑟。他輕敲了我的房門，拿著一盞燈，走了進來。他的臉一如往常如死屍般蒼白，然而，眼底卻洋溢著狂喜。看上去，他的整個舉動都帶著壓抑的激動情緒。雖然他的樣態讓人膽寒，不過，長時間的獨居，讓我更受不了。我甚至還很高興他來訪，自己得以鬆口氣。

「你還沒看到嗎？」他一語不發地盯著四周，一會兒後，突然開口這麼說道。「你難道還沒看到嗎？不過，沒關係，等等！你會看到的。他邊說，邊小心翼翼地掩上手中那盞燈，同時快步走向其中一扇窗，大力推開，迎進狂風。

吹進屋裡的猛烈狂風，差點將我倆吹倒。那晚雖然颳起了大風，但真是離奇恐怖又美麗的一晚。我們附近的旋風，因為風向變動，急而頻繁，所以越颳越大。雖然烏雲低垂，極為厚實（好像就要壓到大宅的塔樓般），但還是可以察覺到雲朵彷彿活過來似的，從四面八方衝撞彼此，沒有消散於遠處。我說的是，儘管烏雲厚實，我們還是觀察得出來這樣的現象。話說回來，我們卻看不到月亮或星星，而且，也沒有閃電。即便如此，烏雲底部與緊鄰我們四周的所有地上物，卻因為亞瑟府四周清晰可辨、微微發亮的霧氣，閃著不自然的光芒。

「你萬不可以……你不該看！」我顫抖著對亞瑟說，同時用了點力把他從窗邊拉到椅子旁。「這些讓你迷惑的景象，不過是跟電氣科學相關的現象，不然就是小湖的濃密沼氣造成的，並沒有不尋常之處。我們關窗吧。空氣寒涼，對你的身體有害。我這兒有本你最喜歡的騎士故事書。我來讀給你聽，咱倆就這麼一起度過這個可怕的夜晚吧。」

我拿的這本老書是蘭斯洛．坎寧爵士的《Mad Trist》。不過，與其說我真心認為這是亞瑟的愛書之一，不如說那是出於難過的打趣說法。實際的情況是，這本書內容冗長、文詞粗鄙又沒有想像力。亞瑟性靈高潔，深富奇思異想，對這才不會感興趣。只不過，那是我手邊唯一一本書。我懷著一絲希望：

就算內容愚蠢至極，搞不好倒可緩解這位憂鬱病患激動難平的興奮感（因為精神疾病史上，多的是類似的反常案例）。如果我真能憑著他聆聽故事時過度緊張的興奮神態，判斷他真的在聆聽還是裝聽的話，那麼，我便大可恭喜自己，計畫成功了。

我讀到了故事裡的著名橋段：主角埃索雷德想平和地進入隱士居處，卻苦思不得方法，於是便強行闖進。我記得文字的敘述如下：

「埃索雷德生性果敢，何況，黃湯下肚後，更顯力壯，便不再與性情實則固執又歹毒的隱士談判。他感覺到肩上有雨滴，擔心風暴將至，立刻掄起釘鍾朝門板上砸了幾下，很快便敲出了一個洞。他把套著金屬護臂的手伸進去，使勁一拉，門於是碰的一聲被打開，扯得粉碎。乾燥木板空洞的碎裂聲，迴盪在整個森林，聽起來教人心慌。」

讀完這個句子，我嚇了一跳，停下來一句話也沒說。因為，我好像聽見，大宅的偏遠處，隱約傳來回音，跟蘭斯洛爵士刻意描述的那種敲破撕裂聲，彷彿如出一轍，但當然沒那麼清亮。不過，我馬上認定那絕對是自己被亂思亂想蒙蔽了。肯定只是巧合而已，不然我也不會注意。這個聲音不值得在意，也不會讓人不安，只是攙和於窗框鉸鏈嘎嘎作響和風暴加劇的雜音之一。我繼續往下讀故事：

「只是，如今，明顯占上風的埃索雷德進了屋內，卻不見那歹毒隱士，他既驚訝又惱火。不過，他倒是看見一條滿布鱗甲、口吐火舌的巨龍，守在一座黃金宮殿前面。殿內地板乃純銀打造，牆上掛著一副閃亮的黃銅盾牌，刻著以下傳說：

進門即為得勝，
屠龍勘獲此盾。

埃索雷德舉起釘錘重擊龍首，龍首伴隨著淒厲慘叫，落在他跟前，應聲嚥氣。叫聲刺耳，埃索雷德不得不用雙手掩住耳朵，阻隔那聞所未聞的可怕聲音。」

念到這裡，我又突然頓住，這一次，我大驚失色。因為這一刻我確確實實聽見，顯然從遠處傳來的聲音，只是根本不可能辨別來自何處。那聲音雖然微弱卻很刺耳，拉得很長，是極不尋常的尖叫或磨碎聲。在我的想像中，這完全與傳奇故事作者筆下那不合常理的巨龍尖叫聲，如出一轍。

碰到這個極不尋常的第二次巧合，我心中五味雜陳，尤其大感詫異、極為害怕。儘管大受影響，我卻依然保持理性，免得讓我的同伴看出異樣，引發其敏感神經。我不確定他有沒有注意到那些聲音，但過去幾分鐘內，他的舉止，的確發生了奇怪的變化。我們本來面對面坐著，他卻慢慢移動椅子，改為對著房門坐。這下子，我只能看到他部分的五官。不過，我倒發現他的嘴唇抖顫，彷彿在低語些什麼，聽不清楚。雖然他低著頭，但我從他的側臉，瞥見張得老大的眼睛，所以我知道他醒著。還有，他的肢體動作也跟睡著的人不符，因為他的身體持續而固定地輕輕左右搖擺。掃視完眼前的這一切後，我繼續讀蘭斯洛爵士的故事，後續進展如下：

「勝出者在巨龍駭人的盛怒下脫逃，這下子，他想起了黃銅盾牌，想到要破除加諸其上的魔法。於是他搬開擋在面前的巨龍屍體，大無畏地踩著城堡的銀造地板，走向掛在牆上的盾牌。人都還沒走到，盾牌就掉在他腳邊的銀造地板上，發出可怕的巨響。」

我才一讀完這些文字，好像當下真的就出現了銅盾重摔在純銀地板上的聲音，那回聲聽來雖然悶悶沉沉的，但清清楚楚、顯然是金屬撞擊導致。我整個失控，嚇得一躍而起，但亞瑟卻依然無動於衷，穩定擺動著身體。我衝到他的椅子前。他的眼神直直盯著前方，整張面容像石頭般僵硬無表情。我手一搭在他的肩上，他便渾身大顫抖，發抖的雙唇上還掛著讓人看了不舒服的微笑。只見他彷彿不知道我的存在，飛快地喃喃低語，但聽不清楚內容為何。我俯身挨著他，終於聽清楚他可怕的話語。

「你沒聽到嗎？沒錯，我聽到了，我都聽過了。我聽到好久、好久、好久了。我聽好幾分鐘，好幾個小時，好幾天了。可是，我不敢……噢，同情我這個可憐人吧！我不敢說。我們把她活埋了！我不是說過我的感覺敏銳嗎？現在我跟你說，我聽見她一開始在中空的棺材裡虛弱地動著。我都聽到了，很多天前就聽到了。可是我不敢……我不敢說！可現在……今晚，埃索雷德……哈！哈！隱士居所門破的聲音、巨龍臨死的慘叫，還有盾牌的匡噹聲！倒不如說，是棺材的撕扯聲、地牢鐵門鉸鏈的摩擦聲，還有她在包覆了紅銅的地窖拱廊中的掙扎聲！噢，我要逃去哪？難道她不會立刻來這兒嗎？她不會趕來訓斥我匆忙行事？我不是已經聽到她上樓的腳步聲嗎？我不是清楚聽見她沉重可怕的心跳聲嗎？瘋子！」說到這兒，他狂怒地猛然起身，尖聲嘶吼出這一字一句，好像連最後一絲理性都不要了——「瘋子！我告訴你，她現在就站在外面！」

他話出口時那種超乎常人的能量，好似帶著咒語魔力。瞬間，他手指的那巨大笨重的古董黑檀門扉，緩緩朝外打開。這是一陣疾風造成的。不過，亞瑟家族的瑪德琳小姐那身著殮衣的高傲身影，卻真的就在門外。她的白袍上有血跡，瘦弱不堪的身體上滿是痛苦掙扎的痕跡。她在門檻上發抖，來回轉悠了一陣。接著，她低聲嗚咽，重重地往哥哥身上倒去。在那瀕死前猛烈的痛苦下，她把哥哥重重壓死在地，哥哥成了自己預期的恐怖下的受害者。

我驚恐失魂地逃出了那個房間，逃離那座大宅。待我穿越那條老舊堤道時，暴風依舊絲毫未減。突然，一道離奇的光沿著路上射來，我轉頭想看看這道奇光究竟從何而來。畢竟，我後方只有那座大宅和它的影子而已。原來這是一輪血紅滿月的月落餘輝，如今這光耀眼地照進那條一度幾乎難以辨識的裂縫，也就是之前我說，從大宅屋頂上曲曲彎彎延伸到牆腳的裂縫。在我凝望之際，這條裂縫迅速變寬。旋風發出一道怒吼，滿月在我眼前炸開。我腦子一片暈眩，目睹巨牆破成碎塊。我聽見久久不息的喧嚣嘈嚷，猶如萬水濤聲。腳下幽深陰冷的小湖，悄然無聲、抑鬱惆悵地吞沒了亞瑟府的碎瓦殘磚。

# 紅死病的面具

## The Masque of the Red Death

「紅死病」長期以來一直摧殘著這個國家。像紅死病這樣致命又讓人聞之變色的時疫，前所未有。血是這種病的化身與標記，也就是血液的那種紅，那種帶給人的恐懼。染病者會有劇烈痛楚，突發暈眩，接著毛孔會大量出血，然後一命嗚呼。這些人身體會出現猩紅色的斑，而這些紅斑，尤其是臉上的斑，便是染疫的宣告，沒有人會表示同情或伸出援手。這種病從發作、惡化，到死亡，全部只消半個小時的光景。

儘管如此，普羅斯佩羅王子是快樂、無畏，判斷力正確的人。他在轄地人口因病減少一半時，就從宮裡召了一千名身體健壯又快樂正面的貴族男女。王子要帶著這些朋友，一起到自己擁有的其中一間城堡式修道院，過著與世隔絕的隱居生活。那是一座又大又宏偉的建築，按照王子古怪又威嚴的品味建成。高聳的城牆，環繞四周。城牆上有幾道鐵門。入內的王公朝臣，帶來火爐與大槌，將鐵門都焊死了。他們下定決心，不讓那些出於絕望或失心瘋而一時衝動的人，有辦法進出修道院。院內糧食供應充足。有了這樣的預防措施，王公朝臣或可對抗時疫感染。外面的人就自求多福吧。在此期間，傷悲或動腦都是愚蠢的行為。王子提供了各種開心尋樂的東西。有小丑、即興表演者、芭蕾舞者、樂手，還有美人與美酒。修道院安全得很，要什麼有什麼，就是沒有「紅死病」。

普羅斯佩羅王子離群隱居了五、六個月後，正當外頭的時疫最為猖獗之時，他為這一千個朋友舉辦了一場無比華麗的化妝舞會。

那場化妝舞會，縱情聲色，滿足一切感官。不過，讓我先描述一下舉辦化妝舞會的房間。總共有七間房間，每間都是皇室套房。話說回來，在許多皇宮裡，這樣的套房視線上都是長而筆直的，將兩側摺疊門推到底靠牆的話，整個視線範圍幾乎就一覽無遺。但這個例子則大不相同，從王子愛好異於尋常之物，八成也猜得出來。這七個房間的配置不規則，所以，視野範圍一次只能包含一間房間。約每二、三十公尺就有個大彎，每拐過一個彎，就有柳暗花明的新景象。房間左右兩側的牆中間，都有一扇高窄的哥德式窗戶，向外望去，是一條沿著皇室套房的蜿蜒封閉式迴廊。這些窗戶都是彩繪玻璃，顏色搭配各自房間內裝的主要色調，各不相同。例如最靠東邊的房間，內裝是藍色的。那麼，房間的窗戶就是鮮明的藍色。第二間房間的裝飾和掛毯是紫色的，窗戶的彩繪玻璃片就是紫色的。第三間房間以綠色一以貫之，因此窗扉也是綠色的。第四間房間的家具與燈光都是橘色系，第五間則是白色系，第六間是紫羅蘭色。第七間房間被整個天花板和牆壁垂掛而下的黑絲絨繡帳籠罩著，那些帳幔太長，垂到材質顏色都相同的地毯上，盤成厚厚一團。不過，只有這間房間的窗戶顏色，沒有跟房內裝飾相符。窗戶的玻璃是猩紅色的，一種暗沉的血紅色。七間房間的天花板及各處，都垂吊或擺設了大量的金色飾品。不過，每個房間都沒有燈，也沒有燭台。房間裡完全沒有燈光或燭光。沿著皇室套房的迴廊上，在每扇窗戶前，倒是放置了笨重的三腳架，上頭擺了火缽。光線透過有色玻璃，耀眼炫目地照亮了房間。這麼一來產生出奇幻又刺眼的千變萬化。然而，西邊的房間，或說黑色的那間房間，透過血色玻璃打在黑色垂幔的火光效果，卻極為駭人。少數幾個大膽到敢走進去的人，臉上都因故出現相當古怪的神情。

同樣也在這間房間裡，還有一座巨大的黑檀木時鐘。時鐘的鐘擺，來回擺盪，發出單調乏味、沉重有力，又毫無變化的鏗鏘聲。分針每走完一圈，報時之際，時鐘的黃銅內部就會發出清晰、響亮、低沉，又極為悅耳的聲音。這報時音如此奇特，受眾人關注，連交響樂團的樂手，每碰到時鐘報時，都會暫時停止表演，仔細聆聽那個聲音。所以，跳著華爾滋的人也得停止旋轉，歡樂的群眾頓時失措。同時，報時聲還在響的當下，會看到玩得最瘋的人突然一驚，臉色慘白。年紀較大也比較沉靜的人，則會用手摸著額頭，一副沉思或胡想的樣子。儘管如此，報時聲的回音完全消失後，人群間馬上就會充斥輕鬆的笑聲。樂手彼此相視而笑，好像在挖苦自己的神經質和愚蠢，同時互相輕聲保證，下次鐘響，自己不會再有同樣的情緒反應。話說回來，過了六十分鐘（也就是飛逝的三千六百秒）後，時鐘又再次報時，同樣短暫無措、緊張害怕，以及若有所思的情況，又再次出現。

撇開以上種種，這仍是場歡樂又華麗的盛宴。王子的品味，十分奇特。王子對於顏色與其效果，有非常傑出的鑑賞力。他不用時興的風格布置裝點。他的設計既大膽又給人感受強烈，他的概念則散發出讓人神往的野性特質。有人可能會認為他瘋了。但他的從眾並不這麼想。得見到、聽到、接觸到王子的人，才能確認他沒瘋。

這場盛大派對，由王子親自督導七間房間裡可移動式的裝點布置。同時，參加化裝舞會的人做什麼特色裝扮，也由王子的品味決定。風格非得怪誕可怕不可。大家的裝扮上用了許多亮晃晃、耀眼刺目的元素，同時還充滿撩撥與奇想，和歌劇《艾納尼》[1]的風格很像。有一些人四肢擺出不自然的姿勢，上身

1 《艾納尼》（*Hernani*），義大利作曲家威爾第的作品，改編自雨果原作。歌劇中透過高昂激情的音樂，描述一位貴族千金與山賊的悲劇愛情，並融合了親情、戰爭陰謀、國恨家仇等元素。

前傾，一腳向後舉起。有些人的風格，就像瘋人才會偏好那般狂野。很多人扮得華美、誇張、不尋常，甚至可能教人心生反感。有些人的裝扮還讓人看了害怕。事實上，在這七間房間來回蔓延開來的，是各種幻夢的人群。這些人——這些幻夢，在各個房間蜿蜒移動，隨著房間變換顏色。交響樂團的狂放音樂，聽來竟像他們移動的腳步聲，縈繞於耳。不久，黑絲絨大廳裡的黑檀木時鐘敲響報時鐘聲。大家動也不動地站著。鐘聲的回音消失之際——不過也才忍耐一會兒——隨後便傳來聲量不大的輕笑聲。這下音樂聲漸大，幻夢依舊，來回在各個房間扭動，愉悅之情更勝以往，隨著從三腳架放射而出、穿過各扇彩繪窗戶的光芒，變化顏色。不過，七間當中最西邊的房間，卻沒有人膽敢進入。因為，夜色漸濃，透過窗上血色玻璃照進來的光，顯得更紅了。帳幔的厚重黑色，看了讓人不寒而慄。如果站在這房裡的黑色地毯上，那麼，一旁黑檀木時鐘大聲傳來的低沉嗚響，可比在其他房間浸淫於歡愉的人聽到的更為震撼有力。

話說回來，其他的房間倒擠滿了人，充滿著旺盛的生命力。舞會繼續喧騰，直到時鐘終於敲響午夜。此時，音樂如前所述地中止，跳華爾滋的人們也停下舞步，和先前一樣，一切都尷尬地中斷了。不過，這會兒時鐘會敲響十二下，因此，在這群狂歡作樂的人當中，會花腦筋思考的那些人，或許有比較多的時間深思。也因為如此，在最後一聲鐘響完全消失之前，人群當中有許多人，正好有空注意到先前完全沒人發現的一位面具客。出現生面孔的消息，竊竊傳開，最後，人群中流言窣窣。眾人從不以為然與大感意外，最終陷入焦慮、恐懼與憎惡。

在我到目前為止描繪的這麼一個魔幻聚會裡，可想而知，要造成這般轟動的人物，外表絕非一般。事實上，這晚的化裝舞會幾乎沒有設限。不過，這號人物的怪異比王子還更王子，甚至超越王子無底線的標準。即使最無所謂的人，內心也有情緒會被牽動的一面。就算面對生死都能一笑置之的迷途之人，也會碰到不容開玩笑的事。所有的人如今真的好像都認為，這位陌生面具客的舉止連同服裝，既不妥當也缺乏明理判斷。這號人物個子很高，身形憔悴，從頭到腳都包著壽衣。遮住臉的面具，做得幾乎和已經僵硬的屍體面容無異，就算再仔細檢查，也很難察覺那是假的人臉。即使如此，四周參與狂歡盛會的人們，就算無法認同，但或許還是可以容忍這一切。只是，這個面具客竟然扮成染紅死病的人。他的衣服浸過血，他的前額還有臉上的五官，全都布滿駭人的猩紅色斑。

眾目睽睽之下，當普羅斯佩羅王子一看到這個妖魔般的化身（而且還一副為了更加入戲，動作緩慢而嚴肅地在跳著華爾滋的人群當中，昂首闊步），一臉震撼。他先是出於驚駭或厭惡而發抖，接著卻怒火中燒，漲紅了臉。

「誰那麼大膽？」他聲音嘶啞地盤問著身旁的王公朝臣，「誰膽敢用這種大不敬的嘲弄方式羞辱我們？給我拿下，摘下他的面具。這樣我們就可以知道，日出時要吊死在城垛上的，是哪個傢伙了！」

普羅斯佩羅王子說出這些話時，人站在最東邊的藍色房間。這些話，一字一句，大聲又清清楚楚地響徹了七個房間。這是因為王子是個體力強健又勇敢無畏的人，再加上他手一揮，音樂就停了下來。

王子當時就站在那間藍色房間，有一群嚇得臉色發白的王公朝臣隨侍在側。起初，他說話時，這群王公朝臣，有點要朝著當時也在大家附近的不速之客衝過去的樣子。但現在這位面具客踏著審慎威嚴的步子，近逼王子。大家對這位面具客一身瘋狂裝扮心生莫名畏懼，沒人上前抓住他。因為這樣，他毫無阻攔地穿過人群，以咫尺之遙的距離行經王子身邊。於此同時，集結的廣大群眾，卻好像有志一同似的，都從房間中央往牆邊退，讓面具客能不受妨礙，繼續踩著與眾不同的步伐，慎重嚴肅地穿過藍色房間到紫色房間，再穿越紫色房間來到綠色房間，然後穿越綠色房間、橘色房間、白色房間、紫羅蘭色房間，都沒人採取逮住他的果斷行動。不過，就在那個當口，原本就滿腔怒火，再加上因自己一時的怯懦、而惱羞成怒的普羅斯佩羅王子，氣急敗壞地衝過了六個房間。但是，眾人受制於極度的恐懼感，沒有敢跟上前。王子高舉短劍，急切而快速地逼近一直向後退的面具客，把他逼到黑絲絨房間的盡頭，就在兩人距離不過一公尺之際，面具客突然轉身面向追捕他的王子。此時，傳來一聲淒厲慘叫。短劍落在黑色地毯上，刀光閃爍，王子旋即俯臥在地，斷氣身亡。眾人鼓起絕望的勇氣，立刻蜂擁衝進黑色的房間，抓住站在黑檀木時鐘陰影下，動也不動的高大面具客。大家猛力而粗魯地扯掉了他的壽衣和死屍般的面具後，竟發現底下空無一物，因而無比驚恐。

這下大家都確信紅死病蒞臨舞會了。它像黑夜裡的小偷一樣潛入。這些狂歡的人們，一個接一個，紛紛以絕望之姿，倒在沾染鮮血的歡宴會場，一命嗚呼。隨著尋歡作樂的人群死盡之後，黑檀木時鐘就不再運轉。三腳架上火缽的焰火，亦隨著熄滅。黑暗、衰敗，連同紅死病，統治一切，無盡無邊。

# 過早的埋葬

## The Premature Burial

有些主題雖然值得玩味，教人欲罷不能，但卻太過毛骨悚然，無法編成正格的故事。純粹的浪漫主義作家，務必刻意迴避這種主題，否則會冒犯或招惹讀者。想要談論此類話題，那麼，就得受到眾人重視而且是嚴謹的事實真相，還得以符合道德規範的方式處理才行。舉例來說，拿破崙強渡貝瑞西納河事件、里斯本大地震、倫敦鼠疫、聖巴多羅買大屠殺，或是一百二十三名戰俘在加爾各答地牢裡遭悶死等新聞，就是會讓我們覺得興奮，產生某種無比強烈之「愉悅痛苦感」的報導。話說回來，在這些報導當中，激起興奮感的是事實，是真相，也是歷史。如果是杜撰出來的故事，我們只會覺得反感。

我提到了幾場歷史上比較著名且重大的災難。但這些事件之以讓人印象深刻，一再回想，就是因為它們的規模與特性。我無須提醒，讀者也該知道，人類的慘事既繁多又離奇。我大可以挑出許多個別案例，其內容之苦痛，猶勝上述災難的概括表述。誠然，真正的悲慘，也就是終極的不幸，十分具體，一點也不含混。多虧上帝的大慈大悲，忍受痛苦極限的向來都是單一個人，而不是眾人一起！

對很多凡人而言，遭到活埋無疑是這些極致的痛苦裡，最嚴重的一種。理性的人幾乎都同意，活埋是經常發生的事，屢見不鮮。充其量，我們對「生」與「死」的界線所知甚少又含糊不明。誰能說得清生命在哪結束、死亡又從何開始？我們曉得，有的疾病，會產生所有外觀生命機能完全中斷的情況，但這些中斷不過是所謂的暫停罷了。這只不過是我們無法理解的機制運轉上，暫時的中斷現象。過了一段時間，某種看不見的神祕原理，又會啟動神奇的大小齒輪，開始運轉。銀鍊折斷只是一時，金罐破裂也還能補[1]。話說回來，在此期間，靈魂何在？

不過，除了「有什麼因必然產生什麼果」的推論之外——也就是大家都聽過的，這種假死狀態有時必然免不了導致過早下葬，我們有來自醫學案例和尋常案例的直接證詞，證明這種時候未到的下葬其實不計其數。必要的話，我可以馬上舉出上百個查經屬實的事例。有些讀者或許還對不久前，發生在巴爾的摩附近城市的特殊案例記憶猶新，那個例子在當地引起了痛苦、強烈且大規模的騷動。有一位備受尊敬的居民——既是傑出律師又是國會議員，他的夫人突然染上讓醫師完全束手無策的莫名疾病。這位夫人遭受許多痛苦之後死了，或者說，應該是死了。確實如此，沒有人懷疑她實際上還沒死，或者說連懷疑的理由也沒有。她呈現出人死的所有表面跡象。她的臉像一般死人一樣：輪廓內縮凹陷，雙唇如大理石般蒼白，雙眼光澤盡失。她的身體沒有溫度，脈搏也停了。屍體保存了三天未下葬，期間，她變得像石頭般僵硬。簡單地說，由於大家認為再這樣下去屍體就快腐爛，便趕緊舉行了葬禮。

那位夫人的屍體存放於家族墓穴，接下來的三年都沒人進出。三年期滿

1 作者於此引用了《舊約．傳道書》（*Ecclesiastes*）第十二章作為典故。

時，因為他們要放一口石棺進去，所以打開了墓穴。可是，天哪！這位丈夫親自將墓門猛力推開時，那等待著他的震驚之情，是多麼可怕啊！墓門向外敞開時，一個穿著白色衣物的東西，嘎啦嘎啦地倒進他的懷抱。那正是他妻子的骸骨，只是身上壽衣還沒發霉！

仔細調查後，顯然，她被放入墓穴後兩天內就復活了。她在棺材裡盡力掙扎，棺材因此從突出的岩架或擱板上掉到地上摔破，她得以從中逃脫。一盞當時意外留在墓穴中的燈，滿滿的燈油，被發現時已經一滴不剩。不過，那八成是蒸發殆盡的。有一大塊棺材的碎片，落在通往墓穴的階梯最頂端。看來，她用這塊碎片重擊鐵門，希望引起大家的注意。這麼做的時候，她或許因為徹底的恐懼而昏厥，也可能因此死亡。同時，在她凋零死去時，身上壽衣纏到鐵門突出處，所以，她就這麼維持站姿腐爛了。

一八一〇年，法國發生一起活埋案件，情況足以保證大家一定都會認為，實情比小說更離奇。故事的女主角維克多希娜．拉福加德，是位家世顯赫、容貌美麗的富家千金。追求她的人無數，其中一位是巴黎的窮文人，或者說窮記者，名叫朱利昂．博蘇維。他的才華與和藹可親，深受這位女繼承人的青睞，因而真心愛上了他。然而，自傲於自己的出身，女繼承人最終卻拒絕了對方，嫁給有點名氣的銀行家兼外交官赫奈勒先生。可惜，這位先生婚後卻漠視她的存在，恐怕還虐待她。跟著他過了幾年不幸的生活後，她死了——起碼她的狀態和死去極為相似，騙倒了所有看到她的人。於是她下葬了，但不是埋在墓穴裡，而是葬在她出生地村莊的普通墳墓中。女繼承人過往的情人萬念俱灰，再加上面對那段深深愛過的回憶，依然激動難平，便一心浪漫地從巴黎來到這村莊所在的遙遠省分，想挖出屍體，拿一綹她的秀髮留給自己。他到了下葬處。午夜一到，挖出棺木的他，開棺後正要動手弄斷女繼承人的頭髮時，注意到那雙他鍾愛的眼睛竟睜開了。事實上，這位女士遭到活埋。她並未完全死去，而情人愛意滿盈的撫摸，把她從大家錯當成死亡的昏睡中喚醒。男子欣喜若狂把她抱回自己在村裡的住處。他憑著豐富的醫學知識，用了某些效力強大的補藥，最後，女子復活了。她認出了救命恩人，並繼續跟那位文人在一起，直到自己一點一點完全恢復健康為止。作為女人，她並非鐵石心腸。關於愛情，她學到的最後一課，讓她態度軟化。她把自己的心交給了博蘇維。沒有回到丈夫身邊的她，反倒隱瞞自己復活的事，和情人逃到美國。二十年後，兩人深信時間已經大大改變了女子的樣貌，過往的朋友應該沒法認出她來，所以他們返回法國。只不過他們兩人都錯了。事實上，赫奈勒先生一見到女子便認出她的身分，主張妻子該歸自己所有。女子不從，而司法裁決也站在她那一邊，判定這位丈夫的權利，於理於法，早因此特殊情況和漫長歲月消失了。

德國萊比錫的《外科手術期刊》深具權威，也廣獲好評。但頗有美國書商會重新發行翻譯版的期刊。該期刊晚近的一期，報導了一起與我們本文討論的主題有關的事件，非常悲慘。

有一名身型龐大又強健的炮兵軍官，被一匹難調難伏的馬摔下地，頭部受到嚴重挫傷，立即失去知覺。雖然他的顱骨輕微骨折，但據悉沒有即刻危險。頭部穿孔手術開得很順利。醫師幫他放血，還採取了許多慣常的止痛方法。可是，他卻漸漸不醒人事，狀態越來越無藥可救，大家認為他死了。

當時天氣暖和，他被草草葬在某座公墓。葬禮在週四。到了週日，公墓一如往常湧進了許多前來上墳的人。中午時分，有位農人的話，引起強烈的群情激動。他告訴大家，自己坐在那位軍官的墳上時，明顯感覺到地底下好像有人在掙扎，所以土地震動。一開始，這位農人的言之鑿鑿，幾乎沒人理會。可是，明眼人都看得出他的恐懼與對自己所言不假的頑固堅持。最後，群眾自然也受到影響。有人急忙找來鏟子，沒幾分鐘，那淺到可笑的墓就被挖開了，看到那位軍官的頭。當時他雖然看起來好像死了，卻幾乎是直挺挺地坐在棺材中。而由於他奮力掙扎，棺蓋有些隆起。

他立刻被送往最近的醫院，醫生宣布，他人雖然處於窒息的狀態，但還活著。幾小時後，他甦醒了，也認得出熟人，同時用不完整的句子娓娓道來自己在墳墓裡的瀕死折磨。

從他的敘述可以看出，顯然，他下葬時，肯定還有意識，維持了一個多小時才陷入昏迷。他的墳又填得隨便，土壤稀鬆，想當然耳空氣便得以透得過。他聽見頭頂群眾的腳步聲，便想辦法要讓人們也聽到他的聲音。他說，看來應該是公墓裡人聲鼎沸，把他從沉睡中喚醒。只不過，他才一醒來，就立刻很清楚自己境況多麼可怕恐怖。

據報這位病人目前情況良好，看來有機會徹底恢復，卻淪為打著醫學實驗行招搖撞騙技倆的犧牲品。他被施以電療，接上賈法尼[2]電池，卻因為這種實驗偶爾會引起的陣發性狂喜，突然斷氣命亡。

不過，提起賈法尼電池的電療，我想到一個恰當案例，不僅知名，還十分離奇。電療證實是讓一位倫敦的年輕律師死而復活的方式。這個案例發生在一八三一年，當時不管在哪，只要有人一談到這件事，就會引起極大轟動。

愛德華．史岱普頓這位病人明顯死於斑疹傷寒。但他同時出現的異常症狀，引起了醫師的好奇心。他被誤判死亡後，醫生馬上就要求他的朋友准許驗屍，只不過，遭到對方拒絕。往往，醫師像這樣被拒後，還是會擅自挖出屍體、私下解剖。這個案例也一樣。倫敦有大量的盜屍團隊，找上一些，就可輕易安排這樣的勾當。葬禮後第三天，這個應該成了死屍的人，就遭人從約兩公尺深的墳墓中挖出，放置於一家私人醫院的開刀房裡。

他們真的在死者腹部切開一道不小的開口，看上去沒有腐爛，外觀依然新鮮，這讓醫生想起可以使用電療法。一次接著一次的實驗，得到都是慣常的結果，一切都沒有任何特殊之處，只不過，病人的抽搐程度，有一、兩次比一般更像活著的狀態。

時候越來越晚。天就要破曉，他們最後覺得立刻解剖是權宜之計。不過，有位學生特別迫切地希望檢驗自己的理論，堅持要在某塊胸肌上接上電池。他粗魯地劃開一刀，匆匆接上電線。說時遲，那時快，病人迅速、但相當平穩地從台上起身，走到地上，一臉不安地凝視他幾秒，接著——開口說話了。雖然大家難以理解他說了什麼，但從他口中吐出的字，可以清楚聽出音節的劃分。話才說完，他就重重跌在地板上。

所有的人都嚇得目瞪口呆，怔忪半晌。只是這案例緊急，大家很快又恢復清醒。看在眾人的眼裡，史岱普頓先生雖然昏厥，但人還活著。一給了乙醚，

2　賈法尼（Luigi Galvani，1737-1798），義大利科學家、電池催化者。賈法尼偶然發現手術刀接觸蛙腿神經時，死蛙腿竟開始跳動，並推論是因為青蛙體內有「動物電」。後世則有人想藉此嘗試，能不能讓動物「起死回生」。

他便甦醒過來，迅速恢復了健康，與朋友往來。話說回來，他卻等到不再擔心復發之時，才跟朋友吐露起死回生的事。可以想像他朋友的驚嘆不已與欣喜若狂。

即便如此，此一事件最教人不寒而慄的離奇之處，跟史岱普頓先生聲稱的內容有關。他告訴大家，自己從頭到尾意識都在。從遭醫生宣告死亡，一直到他昏倒在醫院的地上，模模糊糊之間，他都知道自己發生的大小事。一認出自己在解剖室時，他用盡力氣說出但大家卻聽不懂的話，就是：「我還活著。」

像這樣的經歷，我可以輕易舉出一堆，只是我要就此打住。因為，說真的，我們不需要這些案例，證明時候未到就下葬的情事真的存在。一旦我們從這種案例的特性反思，曉得自己幾乎沒有能力察覺這樣的事，就不得不承認，這等情事，可能在你我沒有認知的情況下經常發生。事實上，無論墓地用來做什麼、大小為何，一旦我們看到其中骸骨保持的姿勢，幾乎都會產生這種最教人喪膽的懷疑。

這種懷疑固然教人喪膽，但必死無疑更讓人害怕。我們可以不假思索地斷言，沒有比未死先葬更能激起身心極致痛苦的事情了。讓人難以承受的肺部壓迫，潮濕泥土散發的窒息氣味，身上壽衣的緊縛，狹小棺材的嚴密包覆，深夜的黑暗，猶如沉入海中的寂靜，以及死亡那見不著卻感知得到的存在……這一切，再加上我們腦子裡的念頭：想到地上的天空與青草，想起本來願意飛奔前來救我們的摯友，誤信我們大限已至的消息，想到他們永遠不會知道我們遭致活埋，還跟真正死去的人一樣了無希望……我說啊，以上種種，都會為我們還在跳動的心臟，帶來無以承受又震驚難平的恐懼感。那樣的極度恐懼，超越任何人的想像。如此痛苦又可怕的折磨，我們在人間從未聽聞，而想像中地獄最底層的折磨，也不及這一半。因此，所有關於這個主題的故事，才會引人入勝。只不過，出於你我對這個主題的敬畏，大家非得深信該陳述事件為真，才會有興趣。現在，我要講的是我自己真正知道的事，那是我個人確實的親身經歷。

我深受一種怪病的侵害，已經數年。由於缺乏更明確的病名，醫生都以「全身僵硬症」姑且稱之。雖然這個疾病的直接與好發病因都是個謎，就連實際診斷也未知，不過，我們對此病的清楚外顯特性，倒清楚得很。病情的不同主要是程度上的差別而已。病人有時會以很誇張的昏睡狀態，躺上一天或更短的時間。昏睡的病人沒有感知，外在看起來動也不動。話雖如此，還是隱約察覺得了心臟的跳動，依然有微微的體溫，雙頰中間還是有淡淡的顏色。而且，在唇上放張鏡子，可以察覺到有氣無力、不規則，同時還游移不定的肺部活動。還有，這種昏睡狀態會持續幾個星期、甚至幾個月。在此期間，就連最嚴密的仔細檢查、就算最嚴格的醫學測試，也無法證實這位苦主的狀態跟我們想像的完全死亡間，有任何實質差異。這種人想倖免於時候未到就遭人埋葬，只能靠朋友知道他之前就受全身僵硬症左右，因而對死亡的判定有所懷疑。還有，最重要的是得靠他外觀沒有腐爛這一點。所幸，這種病是逐步惡化的。最初的病況表現可以明確判別，倒也顯而易見。接著每次發作都變得越來越容易辨識，維持時間也會越來越長。病人主要就是靠著這樣的病徵表現，防止遭到活埋。偶爾有人不幸第一次發病，病況表現就極為嚴重的話，幾乎就免不了被活活送進墳墓。

我的情況跟醫學書籍裡描述的細節，沒有重大的出入。我有時會沒來由地漸漸陷入半昏厥、或說半暈倒的狀態。我在這種狀態下，沒有痛苦，完全沒有動的能力。或者，嚴格說起來，也無法思考。不過，還是有模糊的意識，能隱約昏沉地曉得有人圍在我床邊。我會維持那樣的狀態，直到這怪病的危機解除，突然又讓我完全恢復感知為止。有時候病則發得又急又猛。我會覺得不舒服、身體麻木、發冷、頭昏，因而臉朝下摔倒在地。接下來的好幾個禮拜，一切都是空白、黑暗與寂靜，虛無就成了我的世界。徹底毀滅這種事，莫甚於此。話說回來，這樣的發病方式有多突然，那麼我醒來的速度就有多緩慢。我心智的光輝，就像破曉時的日光，照在無伴無家、在漫長冬夜流浪無人街頭的乞丐身上那樣，一點一點、若有似無，又教人歡快地回到我身上。

然而，除了可能陷入昏睡狀態之外，我整體的健康看起來挺好，我也不認為這個時常發作的病對我的身體有任何影響。真要說的話，我平時睡眠的某種奇怪特性，有可能會讓人覺得是併發症吧。我睡醒時，總是無法立刻恢復意識，而是一定會迷茫困惑個好幾分鐘。大致上而言，心理功能是完全中止的，尤其是我的記憶。

在這當中，我忍受的不是肉體的苦痛，而是無限的精神折磨。我的思想變得晦暗陰森，我會講到「蠕蟲、墳墓，還有墓碑文」有關的事。我迷失在對死亡的幻想裡，腦子不斷想著時候未到就遭到下葬的事。這個我自己可能會遭遇的可怕危險，日日夜夜，揮之不去。沉思默想的折磨，在白天時已是極致，到了夜晚，更是無以復加。無情的黑夜籠罩大地時，想到這一切的恐怖，我就渾身發抖，抖得像靈車上顫動的羽毛[3]。即使我再也抵擋不了睡魔，還是要掙扎再三才願意入睡。因為，想到醒來時，可能發現自己已身在墳墓裡，我就直打哆嗦。還有，終於沉睡後，我也不過馬上又投身另一個胡思亂想的世界。其中，最主要的就是這遭人埋葬的念頭，猶勢不可當的巨大黑翅，徘徊不去。

夢中折磨我的可怕畫面無數，我只選一個景象出來寫。我覺得那個畫面是我自己深陷在全身僵硬症的昏睡狀態中，但睡得更沉，時間也更久。突然，有隻冰冷的手摸在我的額頭上，接著，我的耳裡傳來一道不耐煩的聲音，聽來急切，但不太清楚：「起來！」

我坐直了起來。一片盡是黑暗。我看不到叫醒我的那個人的身影。我記不得自己是何時陷入昏睡，也想不起自己睡著的地點。我還是一動也不動地躺著，忙著絞盡腦汁整理思緒。這時，那隻冰冷的手猛地一把抓住我的手腕，任性隨意地搖晃，而那聲急促但咬字模糊的聲音又傳來了：

「起來！我不是命令你起來嗎？」

「那……你是誰？」我盤問道。

「在我的地盤裡，我沒有名字。」那個聲音悲傷地答道。「我曾經是人，但我現在是魔鬼。我曾經冷酷無情，但我現在慈悲為懷。你感覺得到我在發抖。我說話時，牙齒會喀嗒喀嗒作響，但這不是因為夜寒發冷，而是因為無止盡的長夜，教人不寒而慄。但這種奇糟無比的情況沒人忍受得了。你怎麼有辦法安寧地睡著？這些嚴重的痛苦讓我煩躁難安，無法休眠。這些景象，超過了我所能忍受。起來吧！跟我進入外頭的黑夜。讓我打開墳墓給你瞧瞧。這景象

3 當時以插在靈車車頂上的羽毛，象徵死者的財富地位。

不可悲嗎？看啊！」

我放眼望去。那個雖然我看不見但還是緊抓著我手腕的形體，用力打開了全部人類的墳墓。每一座墳墓，都飄散出因腐敗而產生的微微磷光。我從而看得到墓穴的最深處躺著身裹壽衣的屍體，悲哀又肅穆地與蟲同眠。可是天啊！那些根本不在靜止狀態的屍體，比真正安眠的屍體，多了千百萬之數啊。而且，虛弱的掙扎、可悲的騷動，隨處可見。還有，無以計數的墓穴深處，傳來被埋的人身上的壽衣沙沙作響的聲音，給人帶來憂鬱的感覺。我還發現，那些看起來安詳長眠的人，有好大一部分，姿勢或多或少都和原本下葬時，直挺挺又拘束的姿勢有所出入。正當我凝視這一切，那個聲音又對我說：

「這難道……噢！這難道不是可憐的景象嗎？」不過，我都還沒想到怎麼回應，那個形體就鬆開了我的手腕。同時，從中傳出絕望哭喊的騷動，眾聲哭叫道：「這難道……噢，老天啊！這難道不是可憐的景象嗎？」

像這樣夜晚現身的奇幻異想，現在連我醒著的時候，都讓我害怕不已。我的神經變得十分衰弱，我為無止盡的恐懼所折磨。我不願意騎馬、走路，或從事任何會走出戶外的運動。事實上，我不敢離開那些知道我患全身僵硬症的人身邊，就怕萬一自己發病，都還沒確認實際病況前，就被埋了。我同時也不相信摯友的照護與忠誠度。我好怕自己要是昏睡得比平常更久，他們就可能聽信他人的話，認為我救不回來了。我甚至誇張到會擔心，因為自己造成太多麻煩，搞不好，朋友會樂得把發病期很長的情況，當成完全擺脫我的充分理由。就算他們想盡辦法鄭重無比地向我保證，也沒有用。我強逼他們發毒誓，除非我肉身腐爛到不可能繼續保存，否則，他們不會將我埋了。但就算這樣，理性也無法左右我對死亡的懼怕。任何安慰都無濟於事。我著手進行一系列精心計畫的預防措施。別的不說，我重新改裝了家族墓穴，讓人可以輕易從裡面打開。我把一根長長的控制桿伸到墓穴深處，只要輕輕一按，鐵門就會彈開了。同時，在我的改造之下，既可透氣也能透光。我的棺材旁，有盛裝水和食物的容器，伸手可及。這座棺材襯墊柔軟暖和，棺蓋的設計原理跟墓穴鐵門一樣。我還設計了彈簧裝置，憑著最輕微的肢體動作，就能自由開啟棺蓋。除了這一切之外，墓穴天花板還垂掛了一個大鈴鐺。掛鈴鐺的繩子長到穿過棺材的洞，綁在屍體的其中一隻手上。即便如此，唉？人若終將一死，警覺何益？人若注定要遭受活埋的終極痛苦，那就連這些費心計畫的安全措施，也拯救不了啊！

重要的一天來了，一如先前常常發生的那樣，我又發現自己正要擺脫完全的無意識狀態，進入那種一開始時虛弱又模糊的存在感。我的心理狀態就像一天將至，微弱黯淡的黎明慢慢現身，那逐漸的變化猶如牛步般緩慢。那是緩步襲來的不安，是對隱隱作痛的漠然忍受。對一切都不在意，了無希望，什麼也不想做。接著，隔了好長一段時間後，我出現了耳鳴的情況。然後，又隔了更長的一段時間，我的四肢末端出現刺痛感。接下來，我進入一種好像無止盡但又讓人心情舒暢的靜止狀態。此時，甦醒的感覺掙扎著要成為意識，爾後又再次短暫陷入一種不存在的狀態，然後突然復甦。終於，我的眼瞼輕輕微顫，一股極其強烈、像死一般的朦朧恐怖感，隨即衝擊而來，使得大量血流從我的太陽穴直衝心臟。這下，才有了實實在在的思考，能開始努力回想。這會兒，才算有了轉瞬即逝的部分成功。此時，我才能又倚靠自己的記憶力。某種程度上，我到這個時候才認知到自己的狀態。我覺得自己不是從一般的睡眠中甦醒。我記起自己全身僵硬症發作的事。現在，那個活埋而死的威脅，也就是如鬼魅般揮之不去的念頭，猶如萬浪奔騰，席捲了我發抖害怕的心靈。

被這個想法支配後的我，還是一動也不動地躺著，持續了幾分鐘。為什麼這樣？我無法鼓起勇氣有所動作。我不敢去搞清楚自己的命運，即便如此，我心裡卻有個聲音告訴自己，我想得沒錯。遲疑許久後，給我動力的是絕望，就是絕望而已。而且，那是唯有活埋這種不幸，導致的絕望。我睜開了沉重的眼皮。睜開雙眼，四周一片黑暗。我知道發病結束了。我知道自己早就度過病情危機。我知道自己的視力功能如今已經能完全恢復。只不過，眼前一片黑暗，那是無窮盡的黑夜下，純粹而絕對的無光。

我努力想尖叫。我的雙唇與乾渴的舌頭一起震顫著要發出尖叫聲。可是，空空的肺卻傳不出任何聲音，它們好像被大山重壓著。我每次費盡心思想盡辦法要發出尖叫聲，就要大口喘氣，心臟也怦怦亂跳。

我動了下巴要大聲叫，才知道自己的下巴被綁緊固定，如同對死屍的一般做法。我還感覺自己躺在某種堅硬的東西上，身體兩側也有類似硬物緊壓著。

到目前為止我還不敢貿然輕動自己的四肢。但此時，我猛地舉起原本長時間以手腕交叉的方式擺放的雙臂。我打到了堅硬木質材料，那東西在我的上方延展開來，離我的臉不到十五公分。不用懷疑，我終於長眠在棺材裡了。

這會兒，在千萬不幸之中，美好的希望，溫柔地現蹤。因為，我想起了自己的預防措施。我蠕動身軀，用力抽搐要強行打開棺蓋，但它沒有動。我摸了摸手腕要找繫上鈴鐺的繩子，卻找不著。這下子，聖靈保惠師[4]消失，再不復見。同時，更加嚴峻的絕望，得意洋洋地支配大局。因為，我忍不住察覺到，周圍不但少了自己細心準備的襯墊，我還突然聞到濃厚的潮濕土壤獨特臭味。結論只有一個。我人不在家族墓穴裡。我陷入昏迷之時，人並不在家，而且身邊都是陌生人，只是我記不得事發時間與經過。而把我當隻狗埋掉的就是那些陌生人，他們釘了張普通棺材，用力地把我深深推進某個常見的無名塚，永遠埋起來。

如此明確的可怕念頭，這麼不客氣地注入我心靈最深處時，我又再次死命地想大聲喊叫。這次，我成功了。長長一聲持續的胡亂尖叫，或者說垂死掙扎的大聲吼叫，劃破了這個地底的黑夜國度。

「哈囉！哈囉，喂！」一個粗啞的聲音做出回應。

「到底搞什麼鬼！」第二個聲音說道。

「夠了喔！」第三個聲音說。

「你剛才像山貓一樣嚎叫是怎麼回事？」第四個聲音問。隨即有一群外表粗俗的人抓住我，毫不客氣地搖了幾分鐘。他們沒把我從昏睡中搖醒（因為我尖叫時，人是完全清醒的），不過，他們倒讓我徹底恢復了記憶。

這件驚險的遭遇發生在維吉尼亞州的里奇蒙市附近。我在朋友的陪同下，前往距離詹姆斯河河岸幾公里的地方打獵。夜晚將臨之時，我們突遭暴風雨。當時有艘裝載植栽用土的小型單桅帆船停在河邊，它的船艙，是我們唯一找得到能遮蔽風雨的地方。我們善加利用，那晚在船上過夜。船上只有兩張鋪位，我睡其中一個。這艘六、七十噸單桅帆船的臥鋪，沒什麼值得說的。我睡的那

4　聖靈保惠師（Comforter），出自《聖經．約翰福音》，其工作包含提供幫助、安慰、鼓勵和代禱等等。

個鋪位完全沒有寢具，最寬處約四十五公分，鋪底到頭上方甲板的距離，恰恰也是四十五公分。要把自己塞進臥鋪，真是件極難的事。話雖如此，我倒睡得很沉。我自己的處境、我習以為常的偏見、我先前提過自己睡醒時要花很長時間才能恢復知覺，尤其是記憶等等情況，自然而然產生出那整套幻想。這既不是夢，也不是惡夢。搖晃我的那些人是單桅帆船上的船員，以及聘來卸貨的苦力。泥土的氣味來自船上裝載的植栽用土。下巴的綁帶是我因為沒有慣常的睡帽，所以拿來包頭的一條絲綢手帕。

話雖如此，當時我承受的折磨，無疑與真正被埋的人一樣。那些折磨與痛苦的可怕，令人畏懼，也教人難以想像。不過，善從惡中生。因為這些極致的痛苦，我的心神，產生了必然的劇變。我的心智恢復正常，變得強硬。我會出國。我會做激烈的運動。我會呼吸天堂的自由空氣。我會思考死亡以外的主題。我還把醫學書籍丟了。我把「巴肯」[5]的書燒了。我不再讀《夜思》[6]，不再讀與墓地相關的誇張描述，也不再讀像本文這樣的恐怖故事。簡單地說，我變成一個新的人，過著人的生活。自從那個難忘的夜晚後，我再也不擔心自己會遭到活埋，我的全身僵硬症也一併消失。或許，與其說我的病是原因，不如說是結果。

即便是審慎的理性之眼，也偶爾會看到，你我這些悲慘人類的世界，或許和地獄有所相似。只不過，人類的想像力不似卡拉蒂斯[7]，能探索地獄的各個洞穴而不致遭罰。哎呀！雖然我們不能把與墳墓相關的大量恐怖事物，都視為純然的奇思異想。但是，這些恐怖事物就像伴隨阿弗拉西亞布[8]航行於奧克薩斯河的那些魔鬼一樣，必須入睡，否則，它們就會吞噬掉你我。它們必得昏睡，不然我們就會滅亡。

---

5 巴肯（William Buchan，1729-1805），蘇格蘭醫師，其著作《家庭醫學》（*Domestic Medicine*）在當時蔚為流行。

6 英國詩人愛德華·楊（Edward Young）的詩集。

7 卡拉蒂斯（Carathis），威廉·貝克佛（William Beckford）的小說《華柣》（*Vathek*）當中的角色，一名邪惡的女巫。她獲准自由搜刮地獄的金銀珠寶，為期一天。

8 阿弗拉西亞布（Afrasiab），何瑞修·賓尼·瓦勒斯（Horace Binney Wallace）的小說《史丹利》（*Stanley*）筆下的人物。

輯二

# 邪念與復仇

*Malevolence and Revenge*

# 告密的心
## The Tell-Tale Heart

一點也沒錯！我向來神經兮兮的，非常神經兮兮，到現在還是疑神疑鬼，程度相當嚴重。不過，你怎麼會說我瘋了？我的神經質不但沒有影響自己的感官，反而讓感知更為敏銳，毫不遲鈍。我的聽覺尤其靈敏。所有天上飛和地上爬的東西，我無一聽不見。連各種地底的聲音我都聽得到呢。那麼，我怎麼算瘋了？仔細聽吧！好好瞧瞧我能用多麼健全冷靜的態度，把整個故事說給你們聽。

這個念頭，最早是怎麼出現在我腦子裡，我雖然說不上來，不過，它一旦出現後，我就開始沒日沒夜地想。倒不是有何目的，也完全與怨憤無關。我很喜歡這個老傢伙。他從來沒有錯待過我，也沒有侮辱過我。我完全不圖他的錢。我想，就是因為他那隻眼睛吧！沒錯，就是那隻眼睛！他有隻鷹眼——一隻覆著薄膜的淺藍色眼睛。那隻眼睛只要一看我，我就嚇得打哆嗦。因此，我一點一點地慢慢鐵了心，決定要殺了那老傢伙，擺脫掉那隻眼睛，一勞永逸。

那麼，重點來了。你想像我瘋了。瘋子什麼都不懂的。但你該看看我當初的樣子。你該看看我當初事情做得多麼聰明，多麼謹慎小心，多麼深謀遠慮，多麼假痴不癲哪！要殺他前的那一整個禮拜，我對他好得不得了。每天晚上，午夜時分，我就轉開他的門閂，把門打開。噢，那動作之輕啊。接著，我把門開到剛剛好頭可以探進去的程度，放進一盞可靠光罩調節亮度的燈。那燈的光罩是蓋上的，密實得很，光線一絲不漏。然後，我會再探頭觀察。噢，要是你看到我探頭的動作有多麼靈巧，八成會大笑啊！我慢慢地把頭伸進去，動作放得非常非常慢，這麼一來，或許就不會吵醒他。我要花一個小時，頭才伸得夠進去，瞧得見那老傢伙躺在床上睡覺的樣子。哈！瘋子哪會像我這麼聰明？接下來，等頭伸進房裡了，我就會小心翼翼地打開光罩。我動作之謹慎啊，真是絲毫不敢大意（因為光罩的鉸鍊會咯吱作響）。光罩只開到剛好讓一束微光照到那隻鷹眼。我整整這麼做了七個晚上。午夜一到就進行，不早不晚。不過，我發現那隻眼睛總是閉著，這麼一來，我的方法就不可能有用了。畢竟惹惱我的不是那老傢伙，而是他的邪惡之眼。每天一早破曉之時，我就大膽地走進他的房間，放膽跟他說話，用熱誠的口吻喊他的名字，問他前一晚睡得如何。這下你明白了，當初他還真的是個相當深謀遠慮的老傢伙，才會懷疑我每天十二點整就探頭偷看他睡覺。

到了第八個晚上，我比平常更小心地打開了他的門。我的動作比手錶的分針還慢。直到那晚，我才感受到自己的能力有多高，多麼睿智。光想到我人就在那兒，慢慢地開著門，而他連做夢都想不到我暗地的行為和私下的想法。我就幾乎無法按捺自己得意洋洋的快感。想到這兒，我咯咯一笑，真是剛好而已。突然，他在床上動了動，好像嚇了一跳，八成是聽到我的聲音吧。這下子，你們可能以為我打退堂鼓了，才沒這回事。他房裡漆黑一片，跟黑壓壓的瀝青如出一轍（因為他怕有人進屋搶劫，所以窗葉關得緊緊的）。所以，我知道他看不到門被人打開，於是，我就繼續穩定從容地推著門。

我探頭進去，大拇指輕推鐵皮扣，正準備打開燈上的遮光罩，那老傢伙猛得起身，大喊：「誰在那兒？」

我保持不動，什麼也沒說。整整一個小時，我連動都沒動，也沒聽見他躺下的聲音。他還是坐在床上聽啊聽的，就跟我夜復一夜仔細聆聽著牆裡的蛀蟲一樣。

一會兒後，我聽到微弱的低吟，我知道那是極度害怕才會發出的聲音。那可不是因為痛苦或悲痛。噢，不是！那是恐懼感滿溢時，發自心靈深處的低沉悶哼聲。那種聲音我熟得很。多少夜晚，午夜一到，周遭一切都沉沉睡去之時，我的內心就會冒出這種聲音，還有讓人毛骨悚然的回音，隨之而來，加深恐懼感，讓我苦惱不已。我說這種聲音我熟得很。我知道這老傢伙的感受，我也同情他。不過，我心裡還是竊竊笑著。我曉得，打從他一開始聽到那個微小的聲音，在床上翻了翻身之後，人就一直醒著，躺在床上。恐懼感對他的影響越來越嚴重，無止無息。就算他試著想像這些恐懼感不過出於偶然也沒用。他不斷跟自己說，「這只不過是煙囪裡的風聲而已，只是老鼠爬過地板的聲音而已。」或「只是叫了一聲的蟋蟀而已。」沒錯，他試著提出這些想法，安慰自己。但到頭來，卻發現一切安慰都徒勞無功，毫無效果。因為，死神帶著一襲黑影，已經悄然逼近，來到跟前，籠罩著他了啊。就是這察覺不到的黑影，讓他心頭抑鬱，儘管什麼也沒看見或聽見，他還是感覺我的頭就在他的房裡。

我耐著性子，等了很長一段時間，卻沒聽見他躺下的動靜，於是，我決定打開燈上的遮光罩——開一點點、露出非常非常小的縫就好。我輕手輕腳，以你無法想像的小心程度，打開燈罩，讓一道微弱猶如蛛絲的光線，從小縫裡射出，不偏不倚地照在老傢伙的鷹眼上。

那隻眼睛睜著，張得大大的，我盯著它看，越看越怒不可遏。我看得清楚極了。整個眼睛呈現暗藍色，上頭覆著駭人的薄膜，讓我看得直發毛。話說回來，我倒沒辦法看見老傢伙臉上的其他部分，也看不到他的人。因為，好像出於本能似的，我只讓光精準地照在那惹人生厭的部位。

我不是說過了嗎，其實不過是我過於敏銳的感官，讓你以為我瘋了？這會兒，我說啊，我耳裡傳來悶悶的聲音，急而低沉，就像錶被棉花層層裹住時會發出的聲音。那種聲音我也熟得很。那是這老傢伙的心跳聲。這下子我更生氣了。畢竟，在鼓聲的刺激之下，士兵會更加英勇。

即使如此，我還是忍住怒火，保持不動。我幾乎摒住呼吸，動也不動地拿著燈。我想辦法讓光線盡可能穩穩地照在那隻眼睛上。此時，那惹人生厭的心跳聲，咚咚咚地加快。每一瞬間，心跳聲都越來越快，越來越大聲。這老傢伙當時的恐懼感肯定無以復加！我說過了，我神經敏感，你可有好好聽進去？我真的神經敏感。此時，夜半人靜，老屋裡死寂無聲，真是不可思議，像這樣的安靜，會讓我心生害怕，無可自拔。話說回來，我依然保持不動。過了一會兒，那心跳聲卻不斷越變越大！我以為他的心臟肯定要炸了。此時，一股新的焦慮感襲來——鄰居會聽到這心跳聲吧！死吧，你這老傢伙！我大叫一聲，大力掀開燈罩，跳進房內。他只尖叫了一聲，就一聲而已。說時遲，那時快，我把他拖到地板上，拉起厚重的床，往他身上壓。我興高采烈地笑了笑，這下子終於完事了。只不過，那悶悶的心跳聲又繼續了好一會兒。但這我倒不怕，牆外聽不到這個聲音。沒錯，他已經死了，完全斷氣。我把手按在他的心上，摸了很久。沒有跳動。他死了。他的眼睛不會再煩我啦。

如果你還是認為我瘋了，那麼，一旦我解釋完自己藏屍滅跡的手段多麼聰明，你就不會這麼想了。暗夜將盡，我一聲不響，匆忙動手。第一步，我支解了屍體，砍下手腳和腦袋。

接著，我撬開房裡地板的三塊厚板，把所有的肢體部位，放進地板的木造結構間。接著，再重新蓋上厚板。我做得如此精巧，如此天衣無縫，人眼都無法察覺有何古怪之處，就連他的鷹眼，也看不出來。不必沖刷。沒有沾染。毫無血跡。我是那麼小心翼翼，一絲痕跡也不留。那些全丟在澡盆裡啦。哈！哈！

完事時，已是清晨四點。此時一如半夜，周遭還是一片漆黑。鐘聲報時之際，大門外傳來一陣敲門聲。我心情愉快地下樓開門。現在的我，有什麼好怕的？三個警務人員走了進來，客客氣氣地介紹自己的身分。有街坊鄰居在夜間聽到一聲尖叫，疑心出了謀殺案，所以報了警。他們（這些警察）奉命搜查這棟房子。

我笑了笑。我有什麼好怕的？我對這三位男士表達了歡迎之意。我說，我剛剛做夢尖叫。那尖叫聲是我發出來的。我還說，老傢伙去了鄉下。我領著這些來客，在屋裡到處看看，要他們搜查，好好地搜查一遍。最後，我帶著他們來到老傢伙的房間。我給他們看老傢伙的貴重物品，一切安好如昔，沒人碰過。我自信滿滿，甚至熱情地搬來幾張椅子，希望他們在房裡休息休息，而我自己則大膽妄為地將我要坐的椅子，擺在老傢伙長眠處之上。畢竟這一切都天衣無縫，我可是大獲全勝。

警察相當滿意。我的行為讓他們毫無疑心之處。我態度格外自若。他們坐著，我一邊爽快地回話，他們則一邊閒聊。可是，不一會兒，我卻覺得自己臉色越來越白，希望他們快走。我的頭好痛，耳朵好像聽到嗡嗡聲。但他們仍舊坐在那兒，還繼續聊著天。我耳裡的嗡嗡聲，變得更清楚了。那聲音持續不斷，越聽越清楚。我想擺脫那種感覺，於是說話態度更自在，不過，那聲音繼續傳來，越加清晰可辨。最後，我終於明白，那不是我耳朵裡的聲音。

這下子，我的臉肯定變得非常慘白。儘管如此，我卻更從容不迫，一邊提高了聊天的音量。可是，那聲音也變大了。我能怎麼辦？那聲音悶悶的，急而低沉，很像錶被棉花層層裹住時所發出的聲音。我倒抽了一大口氣。不過，警察卻沒聽到那聲音。我說話速度變得更快，語調也更為激昂。就算我這麼做，那聲音還是不斷變大。我站起身，扯高聲音又帶著誇張手勢地爭辯著無關緊要的小事。但那聲音依然一直變大。他們怎麼還不走？我踩著重重的步伐，來回踱步，好像這幾個人的看法，把我惹火了那樣。即使我這麼做，那聲音還是變得更大聲。噢，我的天啊！我能怎麼辦？我口沫橫飛，激動亂語，粗口謾罵！我坐在椅子前後搖，磨得地板咯吱作響，但那個聲音卻蓋過一切，而且持續變大。越來越大聲，越來越大聲！幾個男士們仍舊開心地聊著，笑咪咪的。他們難道沒聽到嗎？我的老天啊！不，不可能！他們有聽到！他們起疑了！他們知道了！他們在嘲弄我膽戰心驚的慘況！我當初就是這麼想的，現在還是這麼覺得。但就這種極度的苦惱，教人最無法忍受！這樣的嘲笑，最讓人吞忍不了！我再也受不了那些假意的笑！我覺得自己再不大喊就會死！你看，又來了！聽啊！越來越大聲！越來越大聲！越來越大聲！越來越大聲啊！

「你們這些惡人！」我放聲尖叫，「別裝了！我承認犯行！撬開地板吧！這裡，撬開這裡！那個聲音就是他惹人生厭的心跳聲！」

# 黑貓
The Black Cat

我要寫的這個故事，非常離奇古怪，但一點也不特別。對此，我不指望你們相信，也沒有要你們相信的意思。我八成瘋了才會希望你們相信吧。因為，連我的感官，都不願意相信自己經歷的種種。話說回來，我可沒發瘋。我也非常確定這不是夢。只是，明天我就要死了，今天我要一吐為快，了無罣礙。我的首要目的，是平鋪直敘、簡單明瞭，又不加評論地向世人揭櫫一連串家裡的尋常事件。這些事件到頭來讓我飽受害怕與折磨，還毀了我。儘管如此，我無意加以解釋。對我而言，除了毛骨悚然之外，這些事件不具什麼意義。對很多人來說，與其說可怕，不如說它們荒誕離譜。說不定，我死後，有比我更冷靜、更有邏輯的人，不像我這樣，神經兮兮的。他們碰到我大驚小怪細細描述的這些情況時，會把我幻想出來的這一切，歸結為司空見慣的事，把它們當成一連串非常合乎情理的因果事件，如此而已。

我從小就出了名地秉性溫和，仁慈為懷。誰都看得出來我心腸軟，結果這卻成了同伴的笑柄。我特別喜歡動物，我的父母會用各種寵物，滿足我的喜好。我很常跟這些寵物相處，而餵牠們、抱牠們時，就是我最快樂的時候。隨著年齡漸長，這種個性上的怪癖，也越發嚴重。成年之後，這就是我最大的快樂來源。任何曾經對忠心又聰慧的狗狗付出感情的人，都可以明白從中得到的喜悅為何，會讓人多麼快樂。這幾乎不需要我解釋。如果有人經常得懷疑人類之間那單薄如紙的忠誠與微不足道的友誼，那麼，對這些人來說，畜生那種無我無私的獨特之愛，就極其重要。

我婚結得早，所幸，妻子與我性情相符。她見我喜愛馴養寵物，一有機會，就會想辦法把最親人的寵物帶回家裡。我們養了一些鳥、金魚、一隻很溫馴可愛的狗、幾隻兔子、一隻小猴子，還有一隻貓。

這隻貓體型出奇地大，非常漂亮，一身黑，而且聰明得教人咋舌。我那打從心裡就挺迷信的妻子，每每談到這隻貓有多聰慧，就會提及一個人人皆知的古老傳說：凡是黑貓，都是巫婆偽裝而成的。我之所以講這件事，倒不是因為她對此深信不疑，而是我剛好想到罷了。

這隻貓的名字叫普魯托，牠是我最喜歡的寵物兼玩伴。由我獨自餵食，在屋裡，無論我走到哪，牠便跟到哪。連我上街，都很難不讓牠跟。

我們的情誼就像這樣持續了好幾年。在這段期間，說來慚愧，我承認自己因為酗酒成癮，整個脾氣和個性嚴重走樣，越變越差。我一天比一天變得更喜怒無常，容易發脾氣，無視於別人的感受。我還放任自己對妻子口出惡言。最後，甚至對她拳腳相向。當然，我的寵物也開始感受到我性情上的改變。我不僅疏於照顧牠們，還虐待牠們。雖然我還是很在意普魯托，不至於虐待牠。不過，只要兔子、猴子，或甚至那條狗擋到我，不管是碰巧或出於討愛，我可會無所顧忌，粗暴以待。然而，我的病情影響越來越大——沒有病比酗酒更嚴重了啊！最後，連如今年歲漸高、脾氣也因此變差的普魯托，都開始受我的壞脾氣所苦。

有一天晚上，我到城裡常光顧的酒吧，返家後，喝得爛醉的我覺得這隻貓在躲我。我一把抓住牠，牠被我這一猛勁嚇到了，咬了我的手，留下一個小傷口。我頓時如惡魔附身，怒不可遏，連自己都不認得自己。那就好像我原本的靈魂，突然從自己的身體飛出去一樣，在酒精的催化下，殘暴不已的惡毒，振奮著我身體的每一寸肌肉。可憐的普魯托，喉嚨被我牢牢抓住，接著，我從背心口袋掏出小刀，不疾不徐地挖出牠的一隻眼睛！寫到這十惡不赦的殘忍暴行，我實在羞愧激動，發抖不止。

隨著早晨的到來，我的神智也恢復了。一覺醒來，前夜的荒唐怒氣已消。對於自己犯下的罪行，我既懊悔又震驚。但那頂多只是薄弱又含糊的感覺，我的心靈依然不為所動。我再次深陷不拔地酗酒，很快地，酒便淹沒了我對那個行為的點滴記憶。

於此同時，那隻貓慢慢地恢復健康。沒有眼珠的那個眼窩，看來真是可怕。不過，牠似乎不再感到痛楚。牠會一如往常地在家裡走來走去，但可想而知，只要我一走近，牠會就極其害怕地逃開。一開始，我還大致保有原本的天性，看到曾經那麼愛我的動物，如今明擺著嫌惡我，會感到非常難過。然而，很快地，難過變成了生氣。接下來，邪惡的心終於戰勝，我再也無力回天。這種心境，不屬於哲理思考的範圍。但與其說我確信自己有靈魂，不如說我更肯定邪惡是人類內心原始的衝動之一——邪惡，是不可分割的原始能力或情緒。誰不曾明知不該為而為之地犯下惡行或做出蠢事，還一犯再犯？誰不曾一直罔顧自己的判斷，明知不該犯而犯之地想違法犯紀？我認為，就是這種邪惡的心境，讓我再無翻身機會。就是這樣的渴望——靈魂自我招惹、平添暴力、為惡行惡，在一旁添火加油，要我別收手。最終，那隻沒有得罪我的動物，竟被我傷害透徹。某天早上，我冷血地用繩索套住那隻貓的脖子，把牠吊在樹上。我流著淚，內心痛悔至極地把牠吊死在樹上。因為我知道牠曾經愛過我，因為我認為自己沒有傷害牠的理由，因為我知道這麼做就是犯了罪——所以我要吊死牠。那樣窮凶惡極的罪，讓我這凡夫的靈魂，危如累卵。就算我的靈魂真有去處，也是最教人敬畏又慈悲寬容的上帝，都發揮不了無盡憐憫的地方。

犯下這殘忍暴行當晚，我在睡夢中，被失火的喊叫聲驚醒。我床上的帳幔著了火。整棟屋子大火熊熊。我與妻子和傭人花了好一番功夫，才從大火中逃出。火災帶來徹底的毀滅。我所有的財物，都遭到祝融吞噬。爾後，我便向絕望投降了。

我認為，企圖證實這場火災和我的暴行之間有一連串的因果關係，毫無說服力。話說回來，我要詳細說明一連串事實。而且，我希望每個可能的環節，都能說得仔細明白。火災發生隔天，我回到殘破的屋子查看。所有的牆都坍塌了，只有一道牆沒倒。那是一道不厚的隔間牆，坐落在屋子中間左右，我的床頭就靠著這道牆。在很大程度上，牆上的灰泥，擋住了祝融的肆虐（我認為，這是因為灰泥是最近才塗上的）。牆邊聚集了密密麻麻的人，看起來，很多人非常好奇而專注地細看著牆上的某個部分。「真是奇怪啊！」「太特別了！」諸如此類的話，引起了我的好奇心。我湊近一瞧，看到一隻大貓的形狀，好像那是白牆表面的淺浮雕似的。那樣貌維妙維肖，實在妙極了。貓的脖子上還有一條繩索。

我一看到這個特異的景象——這麼說一點也不為過——就驚恐萬分。但深思過後，我倒沒那麼怕了。我記得，這隻貓是吊死在緊鄰房屋的院子裡。火警一起，院子立刻擠滿了群眾，定是有人把貓從樹上取下，丟進我房裡的窗戶。八成以為這樣可以把我叫醒吧。其他的牆壁一塌，我殘忍暴行下的受害者，就這麼被壓進前不久塗上去的灰泥裡。接下來，灰泥中的石灰、火焰，以及屍體散發的氨氣，彼此作用，就這麼完成了我看到的浮雕。

這麼一來，雖然我輕輕鬆鬆解釋了剛剛細述的驚人事件，儘管不完全對得起自己的良心，對理性倒有所交代。只不過，這件事還是讓我一直想，揮之不去。接連好幾個月，我滿腦子都忘不掉那隻貓。而且，在這段期間裡，我心裡又出現了帶點懊悔的模糊情緒。甚至對失去那隻貓，深感遺憾，我還花時間在如今自己常去的下三濫場所，尋找另一隻外表有點雷同的貓，取而代之。

有一天晚上，我神志不清地坐在一家簡陋的酒吧裡。室內四周唯一的陳設，就是裝琴酒或蘭姆酒的大酒桶。突然之間，我發現有個黑黑的東西，趴臥在其中一個酒桶上。在此之前，我已經盯著這個酒桶的上蓋，看了好一會兒，讓我意外的是，自己那麼慢才發覺上面有東西。我慢慢靠近牠，還伸手摸了摸。那是隻黑貓，體型很大的貓，跟普魯托一樣大。而且，還跟普魯托長得非常像。唯一的不同是，普魯托全身上下沒有任何一根白毛。但這隻貓身上有一大片形狀不明的白色區塊，幾乎滿布全胸。

我一摸牠，牠就立刻起身，大聲發出呼嚕呼嚕的聲音，磨蹭我的手，好像很開心我注意到牠。這就是我在找的動物啊。我馬上跟店主說我想買這隻貓，不過，對方說那貓不是他的，他並不認識那隻貓，連見都沒見過。

我繼續輕撫著這隻貓。就在我準備回家時，牠露出一副有意跟著我的樣子。我讓牠跟著，而且，還邊走邊時不時停下來摸摸牠。到了我家後，牠旋即適應家裡的一切，立刻成為我妻子的最愛。

至於我，卻很快對牠產生了厭惡感。這與我原先預期的完全相反。話說回來，我也不知道為什麼自己會莫名其妙地厭倦牠對我的明顯好感。慢慢地，這種厭惡感加重，轉變為痛恨。我避著這隻貓。出於某種羞恥心，再加上我還沒忘卻自己先前的暴行，所以，我都沒有動手傷害這隻貓。幾個禮拜下來，我既沒有打牠，也沒有暴力虐待。即便如此，慢慢地，一滴一點地，我會帶著言語難以形容的嫌惡感望著牠。牠的存在，令我作嘔，我會像躲瘟疫那樣，一聲不響地避而遠之。

我很肯定，另外一個讓我更厭惡牠的原因，就是因為帶牠回家後的隔天早上，我發現牠跟普魯托一樣也少了一隻眼睛。不過，我妻子卻因此更愛牠。我說過，妻子極為仁慈。想當初那也是我與眾不同的特徵，是我最純粹簡單的快樂來源。

然而，我越嫌惡這隻貓，牠卻好像越偏愛我，非得寸步不離地跟著我不可，諸位讀者大概很難理解這一點吧。我一坐下，牠就會蹲在我椅子底下，或跳上我的雙膝，噁心至極地磨蹭我。我起身走路，牠就會在我兩腳間，差點害我跌倒，或者用牠那長長的尖爪鉤住我的衣服，爬上我的胸。這種時候，我雖然會很想一拳打死牠，但我還是忍著沒這麼做。儘管這多少是因為先前的罪行還深印我腦海，不過，容我坦白地說，主要還是因為我怕這隻貓。確確實實地怕。

這種害怕，就算不完全是害怕什麼實質的邪惡，我倒也不確定如何定義才好。真的，就算被關進牢裡，我也會羞於承認自己之所以犯下罪行，是因為那隻貓帶給我內心的恐懼與厭惡，猶如洪水猛獸，一發不可收拾。我的妻子不只一次要我看看，這隻詭異的貓身上的白毛區塊。我說過了，那是牠和我殺掉的貓之間，外觀上唯一的不同之處。讀者們應該還記得，那個白色區塊雖然範圍很大，可是原先並沒有清楚的形狀。雖然我的理性長久以來都駁斥這樣的胡思亂想，但是，那貓身上的白色區塊，卻以一種幾乎難以察覺的方式，輪廓逐漸現形。最後，清楚得不得了。那輪廓的樣子，是我連說出口都怕的東西，也是我最恨又最怕那隻貓的原因。要是我當初膽子夠大，也會因為這一點就殺了那隻該死的貓。要我說啊，如今那輪廓的形狀，就是讓人看了不舒服又害怕的絞刑架！天啊，那是教人聞之抑鬱又喪膽的刑具啊！那可是集恐懼、罪行、臨死之痛苦，以及死亡於一身的刑具啊！

這下子，我真的可憐到無人堪比的地步了。這隻同類遭我輕蔑殺害的畜生，竟然對我這麼一個以上帝形象創造而成的人，造成這麼大的麻煩，誰忍得下去！唉！無論日夜，我都無法好好休息了！白天時，這隻貓時時刻刻都黏在我身邊。到了夜晚，我每小時就會從惡夢中驚醒，發現這傢伙重壓在我的胸口，對著我的臉呼吸，彷彿就是夢魘的化身，我擺脫不了！

在這種折磨的壓力下，我內心微微殘餘的一點善根也沒有了。邪念成了我唯一的摯友，我滿腦子都是最邪惡黑暗的念頭。我的脾氣向來喜怒無常，這下越發嚴重，我開始憎惡一切的人事。我毫不介意自己經常想發脾氣就突然發脾氣，而我那毫無怨言的妻子，唉，成了最常遭殃也最能容忍的苦主。

因為窮，我們不得已住進了一棟老建築。某天，她陪著我走進老屋的地窖裡要辦點事。這隻貓也跟著。踏著陡峭的階梯往下走時，牠差點害我往前摔，氣得我發狂。盛怒之下，我舉起斧頭，打算一把敲向那隻貓。此時，就連對那隻貓心生的幼稚畏懼感，我都忘得一乾二淨。我就是靠著那樣的畏懼，才克制自己到目前為止都沒對牠下毒手的啊。沒錯，要真如我願的話，這一刀下去，那貓肯定馬上一命嗚呼。但我的妻子出手阻止了我。她這麼一介入，我的怒火更是加劇，不可收拾。我一把掙脫妻子的手，斧頭一掄，朝她的頭重砍。她當場倒下身亡，連唉都沒唉一聲。

我像禽獸般殺了人後，馬上開始精心思考怎麼藏屍。我深知自己不能把屍體移到戶外，因為不管白天或晚上，都會有被鄰居看到的風險。我想了許多方案。我一度想過，將屍體切成小塊，放火燒了滅跡。我還曾決定在地窖地上挖個墓穴，掩埋屍體。還有，我也仔細考慮過，把屍體丟進院子裡的水井。或者把屍體當成要賣的商品裝箱，按照尋常的安排，叫搬運工搬走。最後，我想到一個比這些更方便的點子。我決定把屍體砌進地窖的牆裡，就像歷史上中世紀僧人將殉道者砌進牆裡那樣。

這個地窖非常合適。除了牆壁構造鬆散外，最近才剛塗上一層粗灰泥，因為地窖的濕氣重，還沒變硬。此外，其中一堵牆裡有塊突出的地方，是原本要做假煙囪或壁爐的，但如今已經被封起來，外表和地窖其他的牆面無異。我完全相信自己可以輕易移開那裡的磚塊，把屍體塞進其中，再砌回原先的樣子，沒人能察覺任何可疑之處。

我的盤算沒錯。利用鐵撬，我輕輕鬆鬆就移開了那些磚塊，接著，我小心翼翼地把屍體放進去，靠著內牆，讓她維持那樣的姿勢，同時不費功夫地重新鋪上磚塊，恢復牆原本的模樣。我找來砂漿、沙子，以及毛髮，盡可能小心地調出跟舊灰泥如出一轍的灰泥，非常謹慎地塗抹在新鋪好的磚塊表面。完成後，一切妥妥當當，我滿意極了。那堵牆完全看不出任何被動過的地方。我極其用心地撿起地上的垃圾，得意洋洋地環顧四周，然後跟自己說，「我的苦工，總算沒有白費。」

下一步就是找出鬧出如此慘事的罪魁禍首。我終於下定決心要殺死牠了。要是我當時碰到牠的話，牠注定非死不可。只不過，那隻狡猾的貓好像被我暴怒下的惡行嚇到了，忍著不在我心情不好的時候現蹤。那讓人作嘔的貓消失後，我的心也因此解脫了，這真是無法名狀或想像的極度快樂感。我晚上也沒看到牠。因為這樣，我最起碼能安穩睡個好覺，打從牠來我家我就夜不安眠。哎呀，即便心頭還有殺了人的重擔，也能入睡。

第二天、第三天都過了，折磨我的那隻貓還是沒出現。我像個重獲自由的人一樣呼吸。那隻受到驚訝的畜生永遠逃離我家啦！我不會再見到牠了！我的快樂無以倫比！就連邪惡犯行所帶來的罪惡感，也幾乎不會讓我感到心神不寧。雖然有幾個人找我問過話，不過，輕易就可回答應付，甚至還有人前來搜索。但當然他們什麼也沒發現。我覺得自己未來的日子高枕無憂。

殺了人後的第四天，一群警察意外來訪，再次到我家裡嚴密調查。不過，我很有把握，他們根本查也查不到屍體的藏匿處，所以，警察要我陪同他們搜索時，我壓根不覺得為難。他們沒有放過我家任何一個角落。全面搜索了三、四次後，他們終於走下地窖。我沒有一丁點不安。我的心跳跟清清白白的人安眠時的心跳一樣平緩。我走了地窖一圈。兩手插在胸前，自若來回，走來晃去。警察這下完全心滿意足，準備要離開了。我掩蓋不了內心的雀躍。我真的好想說點什麼，以表歡欣，同時再次確認他們相信我無罪。

「各位，」他們一行人走上階梯時，我終於開口了，「很高興能消除你們的疑慮。我祝各位身體健康，能更懂禮貌。順道一提，各位，這……這房子蓋得可好了。」（我太想從容地說點話，卻幾乎不曉得自己講了什麼。）「我說啊，這房子蓋得極好。這些牆壁——各位，你們要走了嗎？這些牆壁砌得可牢固了。」說到這兒，出於虛張聲勢的激動，我用力地用手上的枴杖敲打磚牆。

不偏不倚，後頭就藏著我愛妻的屍體。

上帝啊，救救我，別讓我落入惡魔的嘴裡！我敲牆的回音一消失，馬上就有聲音從埋屍處傳出來！一開始是斷斷續續的低沉哭泣，像孩子的啜泣。接著很快聲音越變越大、越拉越長，變成持續不斷地哭叫，那聲音極不尋常——就是嚎叫聲，而且是半帶恐怖又半帶得意的哭號。只有地獄裡受盡折磨的鬼和歡欣慶祝毀滅的惡魔，才可能會發出這樣的鬼哭神號。

自己想什麼就說什麼，真是蠢啊。我頭一昏，步伐踉蹌地走向對面的牆。前一秒，站在階梯上的那群警察才受到極度的驚嚇，動也不動。下一秒，十幾隻結實的手就開始奮力挖牆。牆整個倒了。早已腐爛滿是血塊的屍體，直挺挺地站在大家眼前。坐在屍體頭上張著血盆大口，瞪著毀滅之眼的，就是那隻誘騙我殺妻、還發出檢舉叫聲將我送上黃泉路的可恨畜生。這隻怪物，當初也被我砌進埋屍處啦！

# 一桶阿蒙提亞多雪莉酒

The Cask of Amontillado

雖然我盡量忍受福圖納托屢屢對我的傷害，但這次他竟敢侮辱我，我發誓，此仇非報不可。對我內在本性瞭若指掌的人，可不會以為我只是口頭上威脅而已。我終將報這個仇的。我肯定會這麼幹。話說回來，儘管決心堅定，我還是得顧忌危險。絕對不可以只懲罰他，還要讓自己平安脫身才行。糾錯，可不能遭到報應。同樣的，糾錯時，復仇者一定要讓錯待自己的人知道，誰是復仇者。

諸位得明白一件事：福圖納托從未質疑我心懷不軌。我言行如常，在他跟前，一如舊往地面帶微笑，但他卻不知道，如今我是想到要殺了他才微笑啊。

福圖納托這傢伙，在其他方面，雖然受人尊重甚至是敬畏，但他有個罩門。他以身為葡萄酒的鑑賞行家自豪。不過，具備真正行家精神的義大利人少之又少。他們的熱衷多半用來見機行事，矇騙英國和奧地利的富豪。雖然福圖納托跟他的同胞一樣，對繪畫與珠寶都是假內行，但是講到陳年葡萄酒，他可是正直無欺。在這方面，我和他差不多。我自己很懂義大利葡萄酒，只要可以，就會大量買進。

時值嘉年華面具節正熱鬧進行的某天傍晚，黃昏薄暮之際，我意外碰到這傢伙。他因為已經喝了不少酒，所以格外熱情地上前與我攀談。這傢伙穿著小丑裝，身著各色條紋的緊身衣，頭上還戴了頂有鈴鐺的小丑帽。見到他，我開心極了，心想自己高興到握手可以握個沒完呢。

我跟他說：「我親愛的福圖納托啊，與你巧遇真好。你今天看起來氣色真棒。唉，我收到一大桶號稱阿蒙提亞多雪莉酒的酒，我不太相信。」

「怎麼可能？」他說道。「阿蒙提亞多雪莉酒，一大桶？不可能吧！還是嘉年華面具節期間耶！」

「我不太相信啊！」我回答。「而且我蠢到這件事沒先請教你，就照阿蒙提亞多雪莉酒的錢全付清了。我當時找不到你，又怕錯過這種划算的交易。」

「是阿蒙提亞多雪莉酒哪！」

「我不太相信啊。」

「是阿蒙提亞多雪莉酒啊！」

「我非得搞清楚到底是或不是。」

「那可是阿蒙提亞多雪莉酒耶！」

「我跟你一樣有事，我正要去找盧切勒西。要說起有嚴謹品酒能力的人，就非他莫屬了。他會告訴我……」

「盧切勒西分不出阿蒙提亞多雪莉酒和一般雪莉酒的啦。」

「但是有些笨蛋會說，他的品酒能力和你不相上下。」

「來，我們走吧。」

「要去哪裡？」

「去你家地窖啊。」

「我的朋友，不用啦。我不想占你本性善良的便宜。我明白你有事。盧切勒西……」

「我沒事啊。一起走吧。」

「我的朋友，不用啦。倒不是有沒有事的問題，只不過，我覺得你染了感冒。地窖的濕讓人受不了，到處都結滿了硝石。」

「不管啦，我們走吧。感冒根本不算什麼。阿蒙提亞多雪莉酒耶！你被占便宜啦。至於盧切勒西，他才分不清一般雪莉酒和阿蒙提亞多雪莉酒。」

福圖納托一邊這麼說著，一邊抓了我的手臂，而我則戴起黑絲面具，披緊身上的斗篷，任憑他催著我往我家的方向前去。

我家侍僕都不在。他們溜出去盡情歡樂，慶祝嘉年華了。我跟他們說我隔天早上才會回到家，而且還下達清楚的命令，不准他們跑出去。我深知，這麼說的話，我一轉身離開，他們肯定會立刻全部不見蹤影。

我從壁式炬台上拿下兩支火把，遞給福圖納托一支，領著他穿過好幾個房間，來到通往地窖的拱門。我走下東彎西拐的長梯，還要他跟得謹慎些。最後，我們終於走完樓梯，一起站在蒙特雷索家地下墓穴潮濕的地板上。

我朋友踩著搖搖晃晃的步伐，每跨一步，帽子上的鈴鐺就叮噹叮噹地響。

「大酒桶呢？」他問。

「在更裡面的地方。」我說，「不過，你要注意洞穴牆上閃著微光的白色蜘蛛網。」

他轉身面著我，一對因酒醉而水汪汪的朦朧雙眼，與我四目直對。

「硝石？」他終於開口問。

「就是硝石啊！」我回答，「你這樣咳嗽咳多久啦？」

「咳！咳！咳——咳！咳！咳——咳！咳！咳——咳！咳！咳——咳！咳！咳！」

我可憐的朋友好幾分鐘都沒辦法回話。

「沒事。」他總算答話。

「來吧！」我果斷地說，「我們回去吧，你的健康很重要。你富有又受人景仰，大家都喜歡你。我以前也跟你一樣這麼幸福。你是大家會掛心的人。我的話嘛，就不重要。我們回去吧。你會生病的，我可負不起這個責任。何況，有盧切勒西……」

「夠了！」他說，「這咳嗽根本不算什麼。要不了我的命。我不會咳死的。」

「沒錯，你說得沒錯。」我答道，「我真的不是故意要提出這種不必要的顧慮。只不過，你應該要盡量小心。喝口梅多克葡萄酒驅驅濕氣吧。」

這會兒，我從土堆上擺的一大排酒瓶裡拿出一瓶，敲掉瓶頸。

「喝吧。」我邊說邊把酒遞給他。

他帶著敵意地瞄了我一眼，拿酒湊近唇邊。他猶豫了一下，隨意地對我點了點頭致個意，鈴鐺也跟著叮噹作響。

「我這酒，敬周圍那些長眠地下的亡者。」他說。

「那我敬你長壽。」

他又抓起我的手臂，我們繼續向下走。

「這些地窖還真大。」他說。

「蒙特雷索家，曾經是成員眾多的大家族。」我回答。

「我忘記你們的家徽了。」

「底色是天藍色的，上頭有支金色的巨大人腳，要踩死一躍而起、毒牙咬進足跟的蟒蛇。」

「那家訓是？」

「犯我者必受懲。」

「說得好！」他說。

酒讓他的眼神看來很喜悅，鈴鐺也叮叮噹噹地響。喝了梅多克葡萄酒，我的盤算也生色不少。我們穿過了堆疊如長牆的成堆骨骸，中間還夾雜著大小不一的酒桶，然後進入了地下墓穴的最深處。我又停下腳步，這次，我大膽地一把抓著福圖納托的上臂。

「硝石啊！」我說道，「你看，越來越多了。它們就像垂掛在地窖上的青苔。我們現在在河床下方。濕氣凝結的水珠滴在白骨之間。來吧，我們現在回去還不遲。你的咳嗽……」

「不礙事。」他說，「我們繼續走吧。不過，要先再喝一口梅多克葡萄酒。」

我開了一大瓶格拉夫產區的葡萄酒。他一飲而盡，雙眼閃爍著惡狠狠的目光。他一邊哈哈大笑，一邊用一種我不明白的手勢，把酒瓶往上一丟。

我驚訝地望著他。他重複了那個動作——一個古怪教人看了不舒服的手勢。

「你不理解嗎？」他說。

「我不理解。」我回答。

「那麼你就不是我的弟兄。」

「怎麼說？」

「你不是共濟會成員。」

「我是啊，我是。」我說道，「我是，我是。」

「你？不可能啦！你是共濟會的？」

「我是石匠。」我回答。

「信物。」他說，「拿信物出來。」

「就是這個。」我邊回答，邊從斗篷下的暗袋拿出一把抹刀。

「你開玩笑啊！」他沒好氣地退了幾步驚呼道，「我們繼續去找阿蒙提亞多雪莉酒吧。」

「好吧。」我邊說，邊把抹刀放回斗篷內，伸出手臂示意要繼續帶他前行。他重重地靠上了我的手臂。我們繼續尋找那桶阿蒙提亞多雪莉酒。我們穿過很多低矮的拱門，向地底下去，繼續往前走，然後又往更下一層，來到一個很深的土窖。窖內空氣汙濁，因此，我們的火把，火焰不再，只剩微光。

在這個土窖的盡頭，還有另一個比較小的土窖。周邊的牆排著成堆的人類屍骸，堆到拱頂，排法跟巴黎的地下墓穴一樣。這個土穴中的土穴，有三面牆都還是像這樣擺設的。第四面牆的人骨遭人往地上扔，全混在一起，暫時堆成了不算小的人骨塚。因為這些人骨被移開了，可以看見牆內還有一個土窖或凹洞，深約一公尺餘，寬近一公尺，高約兩公尺左右。感覺起來，當初建這個土窖並無特殊用途。這不過是兩根支撐地下墓穴天花板的大柱子間、靠著周邊環繞的堅固花崗岩牆所支撐的空間而已。

福圖納托白費功夫地舉起閃著微光的火把，想辦法探看凹洞的深處。但微弱的光線沒辦法讓我們看清凹洞最裡面的樣子。

「繼續往前吧。」我說道，「阿蒙提亞多雪莉酒就在那裡了。至於盧切勒西……」

「他是個無知的傢伙啦！」我的朋友踉踉蹌蹌地往前走，搶了我的話。我緊跟在他的後方。沒一會兒他就走到了凹洞的盡頭，察覺前有石頭擋路，一副困惑不解地傻傻站在那兒。再一下子，我已經把他銬在花崗岩壁上了。岩壁上有兩個水平間隔約莫六十公分的U形鐵釘。其中一顆鐵釘上垂掛了條短鏈，另一顆鐵釘上則有一把掛鎖。不出幾秒就能用鐵鏈將他攔腰緊緊鎖住。他震驚過了頭，沒有反抗。我拔出鑰匙，退出這個凹洞。

「你伸出手，」我說，「摸摸牆壁吧，一定能摸到硝石的。真的，這兒潮濕得很。讓我再一次求你回去吧。你不要？這下我肯定非留你在這兒不可了。只不過，我得先盡我所能好好照顧你一番才行。」

「那阿蒙提亞多雪莉酒呢！」我的朋友突然驚恐未定地喊道。

「一點也沒錯啊。」我回答，「那阿蒙提亞多雪莉酒呢？」

我脫口說出這些字眼，在先前提到的成堆人骨間忙了起來。我把這些骨骸往旁邊一丟，很快就從下面找到砌牆用的石頭和灰泥。有了這些材料，再加上我的抹刀，我開始起勁地在凹洞入口處築牆。

第一層石塊都還沒砌好，我就發現福圖納托酒已經醒了大半。最早讓我知道他醉意將失的跡象，是從凹洞深處傳出低沉的呻吟聲。那不是醉漢會發出的叫喊聲。隨之而來的是一片長長的寂靜，那種心有不甘的一聲不吭。我築起第二層，接著又往上砌第三層和第四層。接著，我聽到了猛烈的鐵鏈搖晃聲。那聲音持續了好幾分鐘，我停下工作，坐在人骨上，覺得這麼專心傾聽或許會讓我更滿意。金屬噹啷聲終於停了之後，我繼續用抹刀，一刻沒停地砌完第五、第六和第七層。這會兒牆差不多到我胸前的高度。我又停了下來，高舉火把，讓微光從石牆上方照進裡面的人身上。

這個被鍊住的人，突然放聲尖叫。那刺耳尖厲的連續大叫，好像猛力將我往後推了一把。有那麼短暫的一刻，我全身顫抖，遲疑猶豫。我拔出長劍，開始在凹洞內東戳西戳。不過，一念間又放下心來。我把手按在堅固的墓穴結構上，覺得很放心。我又靠近牆前，應和著他大呼小嚷的叫聲。他叫我也叫，我跟著幫腔，叫得比他更大聲，更用力。我這麼一做，大聲叫嚷的他變安靜了。

時至午夜，我的工作接近尾聲。我已經完成了第八層、第九層和第十層。連最後第十一層的部分也完工了，只要補齊最後一塊石頭再抹平灰泥即可。我用力搬起最後一塊石頭，放在該放的位置，但沒有塞滿。這會兒，從凹洞裡傳來一聲低沉的大笑，讓我寒毛直立。接著傳來了極度消沉的聲音，我好不容易才認出那是高貴的福圖納托在說話。那聲音說道：

「哈！哈！哈——嘻！嘻！嘻——這笑話極好啊，真的，妙極了。我們回到你家後會笑個痛快啊。嘻！嘻！嘻——邊喝酒邊笑。嘻！嘻！嘻！」

「喝阿蒙提亞多雪莉酒呢！」我說。

「嘻！嘻！嘻——嘻！嘻！嘻——是啊，阿蒙提亞多雪莉酒。可現在不是很晚了嗎？他們難道不是在家裡等我們嗎？我是說福圖納托夫人和其他那些人。我們快走吧。」

「是啊。」我說，「我們快走吧。」

「看在上帝的份上，蒙特雷索！」

「沒錯。」我說，「正是看在上帝的份上！」

不過，我仔細聽他有沒有回我這句話，卻什麼也沒聽到。我越來越沒耐性，大聲叫著：

「福圖納托！」

沒有回應。我又叫了一次：

「福圖納托！」

還是沒有回應。我朝剩下的縫隙往裡面用力丟進一支火把，只傳回鈴鐺叮叮噹噹的聲音。我開始覺得胸口不舒服，這是地下墓穴的潮氣所造成的。我加快腳步，完成工作。我把最後一塊石頭塞進要放的位置，抹上灰泥。然後重新把人骨挨著這道新石牆堆起來。半個世紀以來都沒有人打擾過這些骸骨。願死者安息！

# 輯三

# 愛與死

*Love and Death*

# 貝瑞妮絲
Berenice

我的友伴告訴我，
去看看摯愛的墳，多少會舒緩我的憂慮。

——易本・齋厄（Ebn Zaiat）

不幸的形式各異。人間的不幸，多樣又繁雜，那範圍之大，超越了我們的眼界，就像橫跨天空的彩虹一樣。而不幸的類型，也跟彩虹的色彩一樣，雖多彩但也區別分明，話說回來，彼此又都緊密交融。像彩虹一樣，範圍超越了我們的眼界啊！我怎麼會從美當中推導出醜惡？我又怎麼將不幸直喻為和平的盟約？[1]可是啊，就是如此。而且，就像倫理學認為惡是善的結果那樣，事實上，不幸也來自歡樂。過去的極樂回憶，可能是今日的極苦，再不就是現在的極度痛苦，來自過去可能存在的狂喜。

我的洗禮名叫伊吉厄斯，我不想提起我家族的姓。但是，我家代代相傳的灰色陰暗塔樓，是當地最古老的大宅。人們向來都稱我們家族專出有遠見卓識的人，這種看法，從很多讓人印象深刻的特點當中，都可以獲得證實：家族宅邸的特色、大廳的壁畫、房間的掛毯、部分庫房拱壁上的雕工，尤其是長廊的古董畫、書房的設計，最後還有，書房藏書的獨特性等等，都是綽綽有餘的證據。

我幼時的回憶就和那間書房以及裡面的藏書有關——至於那些藏書，我下面不再多提。我的母親死在這間書房裡。我也出生在這間書房裡。但是，說我沒有前生，我的靈魂先前不曾存在過……這種話講了也沒用，你會說我亂講。我們就別爭了吧。我自己信，我不會要別人也信。話說回來，我對飄渺虛無的形體、純潔又懷有某種意圖的眼睛、悅耳卻悲傷的聲音還有印象，那是不會被抹滅的回憶。那種記憶就像影子，模糊、多變、不定，又無常，而且跟影子一樣，只要我理性的陽光還在，我就不可能擺脫得了這猶如影子的記憶。

我出生在那書房裡。就好像從看似虛無、但實則不然的漫漫長夜醒來那樣，立刻進入了這個奇境、一座想像力的殿堂、一個深受教會思想與知識的管轄之地。無怪乎我會用驚異又熱切的眼神凝視四周，也難怪我童年時期會在書本裡打發時間，而少年時期則耽於白日夢。奇怪的是，隨著年歲漸長，我中年時竟還住在祖先的大宅裡。我的生命之泉積滯不通，我的尋常思維，竟發生徹底的改變。我覺得世界的現實，如夢似幻，只是想像出來的罷了，而夢境的奇思異想，不是變成我每天生活的素材，倒是反過來徹徹底底變成真實的存在。

*

我和貝瑞妮絲是表兄妹，一起在我父祖輩的大宅中長大。只不過，我倆的成長卻大不相同。我體弱多病，性情憂鬱。她則靈敏慧黠、優雅得體、精力充

1 根據《舊約．創世紀》（*Genesis*）記載，當諾亞（Noah）一家成為大洪水後的倖存者，上帝主動與他們立約，並以「彩虹」作為祂與地上一切生物和好的標記，應許不再以洪水滅絕世界。

沛。她喜歡在山坡漫步，我則喜歡閱讀教會相關的研究。我活在自己的內心世界，全心全意沉迷於最嚴謹、最會引起痛苦的冥想，而她無拘無束地徜徉生活，不想人生路上的陰鬱，也不管時光的悄然飛逝。貝瑞妮絲！我呼喚她的名字——貝瑞妮絲！這麼一喚，便從那記憶中的灰色廢墟，驚起騷亂的回憶。啊！這下她的樣子就活靈活現地出現我面前了，如同她快樂無憂的早年時期那般。噢，那好看但古怪的美啊！噢，猶如樹叢中的窈窕女子！噢，恰似湧泉旁的水仙[2]！接著——接著一切都是難解又讓人害怕的事，一則不該傳誦的故事。一場致命的病，猶如沙漠裡夾帶飛砂的狂風，猛烈地侵害了她，我眼睜睜地看著她的心智、習慣、個性，都發生重大的變化，甚至連她這個人，都以一種極其隱微又讓人發毛的方式，完全變了一個樣！天啊！那病反反覆覆，而被害人，到哪兒去了？我不認識她了。或者，她不再是我認識的貝瑞妮絲。

那個讓我表妹身心發生如此恐怖巨變的主要致命疾病，引發了無數的健康問題，其中，或許性質最教人苦惱又難以治療的，就是最後時不時會導致昏睡狀態的癲癇症。那是一種跟真實死亡非常像的昏睡狀態，而且，在大部分情況下，她會突然醒來，嚇人一跳。這段期間，我自己的病——大家都說我應該這樣稱呼它，猶如是我專屬的病，迅速對我產生了越來越大的影響。而且，由於我無節制地使用鴉片，所以症狀越發嚴重。我的病最後呈現出一種不尋常的新型偏執特性，病情時時刻刻地加重。終於，我的病以一種讓人難以理解又極為特異的方式，控制了我。這個偏執——真得這麼稱呼的話，是會馬上影響心智性能的病態型神經敏感，形上學稱此為過分專注。各位不懂我的意思，這乃意料之中。不過，恐怕真的沒有表達方式，能讓一般讀者理解這是什麼概念。以我的例子來說，在某種程度上，就算面對世間最平凡的事物，我也會用（不是嚴格定義的）冥想能力不停窮琢磨，神經質的興味濃烈。

這種雖然不完全算前所未有，但肯定無法分析或解釋的心理功能疾病，會引發種種怪異行為。我會不屈不撓地花上很長的時間，專注深思某一本書的印刷格式或頁邊空白處的細碎圖樣；我會花上大半個夏日，全神貫注地思考那斜斜打在掛毯或地板上的有趣陰影；我會一整晚忘情地盯著動也不動的燈火、或

2 原文為Naiad，是希臘神話中居住於溪水、泉水或湧泉中的仙女。

爐火的餘燼；我會遐想著花的芳香，虛度多日；我會用千篇一律的方式複誦某個普通的單字，直到頻繁的複誦讓那個字的發音，不再讓我聯想到任何概念為止；我會長時間頑強地保持身體完全不動，直到喪失所有的動作知覺或肉體的存在感才罷休。以上這些，還是最普通也最無害的行徑了。

話說回來，請各位別誤解我的意思了。這種被瑣碎事物誘發的過分專注，程度強烈，實屬病態，本質上絕對不能跟人類常見的反覆思考傾向混為一談，尤其不能和熱愛想像的人沉溺其中的那種冥思苦想搞混。我的情況，甚至不是把一般人反覆推敲的習性極致化或誇張化，但有人一開始或許會這麼以為。基本上，這兩者有別，相互不同。空想的人或愛幻想的人，通常不會對瑣碎的事物感興趣。而且在他們從中胡亂發想推論之時，眼裡就不知不覺沒有那個東西了，直到他享受完空想的滿滿樂趣。他會發覺，一開始刺激他深思、引發他冥想的原因，完全消失，不復想起。但我的狀況是，讓我感興趣的事物向來都是瑣碎之物，只不過，它們在我發狂失調的想像下，都呈現出不真實又扭曲的重要性。我幾乎不會從東西推論出什麼，就算有，那些少得可憐的推論結果，也可以說一定都把原本的物品當成思考核心。這些冥想深思，從來沒帶給我快樂，終於告一段落時，一開始激起我冥思的東西，一點都不會消失不見，反倒變得異乎尋常地耐人尋味。這種對事物產生言過其實的興味，就是主要的病徵。總而言之，如同我先前說的，我的心智性能屬於過分專注，而一般的空想者的心智性能則屬於側重思辨。

此一時期我讀的書，就算實際上沒有激發出我的這種病，也可以看成跟這種病有一樣的特點。本質上，內容都無關緊而且純屬虛構想像。別的不說，我清楚記得其中有義大利貴族庫里歐的專著《論上帝蒙福神國的幅員範圍》、聖奧古斯丁的名作《上帝之城》，還有特土良的《論基督的肉身》。特土良這本作品中有一句晦澀難懂的描述：「上帝的兒子死了。這完全可信，因為這很愚昧。而他被埋了又復活，這是千真萬確的，因為這是不可能的。」讓我花了好幾個禮拜專心一意地賣力研究，卻毫無所獲。

所以，看起來，我只會被瑣碎事物影響的心智，跟托勒密·赫菲斯提昂所提的海邊峭壁很像，一直耐受著人類的暴力進攻與風浪更猛暴的襲擊都沒事，但被名為日影蘭[3]的花一碰，就震顫抖動。還有，看在心思不細的人眼裡，也許會以為，貝瑞妮絲因那不幸的病而產生可怕的心理狀態丕變，正好讓我大有機會，可以好好運用連我自己都難以解釋的病態冥想力。然而，完全不是這樣的。我的病況時好時壞，在我神志清明之時，她的不幸的確帶給我痛苦，我對她美好平順的人生全毀一事，非常耿耿於懷。我的確經常苦切深思，究竟是以什麼不可思議的方式，突然發生那麼奇怪的巨變。只不過，這些深思跟我的病徵有別，而是一般大眾面臨類似的情境都會陷入的思考。按照我的病本身的特性，我會著迷於貝瑞妮絲身軀上較不重要但卻更讓人吃驚的變化，還有她個性上奇特詭異又十足嚇人的畸變。

在她無比快樂、美麗無雙的時候，我從來都沒有愛過她。我這個人反常，我的感受，從來不是發自內心，但我熱衷的事，一定打從內心非常喜歡。在清早的微亮晨光裡，在中午時分林木交織的樹影間，以及夜裡我書房的一片寂靜中，都有她輕掠過我眼前的身影。我雖然看在眼裡，卻沒有把她當成活生生會呼吸的貝瑞妮絲。對我來說，她是猶如一場夢境中的貝瑞妮絲。她不是這個世界的人，她不屬於塵世，而是一種抽象的存在。她是用來分析而不是欣賞的，她是最難懂卻又最膚淺的思考題材，而不是愛慕的對象。而如今——如今只要她在，我就怕得打哆嗦，她要是靠近，我就嚇得臉色蒼白。話說回來，儘管我為她那淒涼而頹敗的情況深感苦痛悲嘆，不過，我知道她長久以來都愛著我，我不得不向她求婚。

那年冬天，臨近我們婚期的某日下午，天氣異常地溫暖，霧濛濛的，又平靜無風，彷若美好幸福的一切就此展開。我一個人坐在書房裡側的房間——我以為只有我一個人。殊不知，我一抬頭，竟看到貝瑞妮絲站在我跟前。

是我自己想像力大發嗎？還是霧氣瀰漫的影響？還是房裡不清楚的微光？抑或是從她身上垂墜而下的灰色布料？她怎麼會用這麼不合乎常理的方式，陰森地出現在我面前？我也無法判斷。或許她生病之後長高了吧。不過，她一語沒發，我則是嘴裡怎麼也擠不出隻字片語。我渾身感到一陣冷顫，難以忍受的焦慮感襲來。內心充滿強烈好奇的我，無力地癱坐椅子上，動也不動，連氣都

3　日影蘭（Asphodel），在希臘神話中，該花與死亡和冥府等意象有很大關聯。

不敢吭一聲，就這麼過了一會兒，我盯向她。天啊！她消瘦極了，從如今的身形輪廓中，完全看不出任何她先前的樣子。最後，我的熱切目光終於落在她的臉上。

她的前額又高又非常蒼白，表面皮膚詭異地一絲不動。曾經的金髮，如今黑得猶如烏鴉的長翅，披散在額頭上。兩旁的長捲絡，則蓋住了凹陷的太陽穴。那古怪的黑髮，和她的一臉憂鬱愁容，兩相衝突，極不和諧。她的雙眼黯淡無神，我不自主地避開她呆滯的目光，轉而凝視她那纖薄乾癟的雙唇。此時，她的雙唇微張，意有所指地笑了笑，我從那逐開的雙唇中看到大變後的貝瑞妮絲的牙齒。我真希望自己沒看到啊！我真希望自己死一死算了！

*

關門聲讓我回過神來，我抬頭一看，發現表妹已經離開房間。可是，我卻無法讓她一口可怕的白牙離開自己混亂的腦海。天啊！那真是趕也趕不走。才短短的咧嘴這麼一笑，就足以讓我記憶揮之不去。她那一口牙齒，表面無暇、色澤潔白、排列緊密、毫無凹痕。比起方才看到那些牙齒，如今我更感覺一清二楚。牙齒啊！牙齒啊！這兒也看到，那兒也看到，無所不在。我一張眼就看得到、好像摸得到那些長而小又極白的牙齒，還有蠕動其上的慘白雙唇，如同開始要展露那可怕笑容一般。然後，我的偏執症狀大起，引著我步步陷入，我想方設法抗拒，卻徒勞無用。外在世界的物品所在多有，我卻獨想著那些牙齒。我單想著那些牙齒，其他所有的事物和有意思的東西，都消失其中了。我一心一意只想著那些牙齒，而它們成了我精神生活中最重要且唯一的部分。我變換各種觀點、用不同的態度，思考這些牙齒。我細細審視它們的特點，腦裡想的都是它們的奇特之處，思索著它們的構造，琢磨它們性質上的變化。我幻想著，就算沒有雙唇的輔助，它們自己也有感知力，能做出表情——這麼一想，我不寒而慄。大家向來都說莎蕾小姐[4]「步步皆是感情」，我倒更深信貝瑞妮絲的所有牙齒都是思想。思想！——我這愚蠢的念頭毀掉了我！思想！——

4 莎蕾（Marie Sallé，1707-1756），法國著名芭蕾舞者、編舞家，是探求更深邃情緒表達的芭蕾改革者。

看來我是如此瘋狂地垂涎於這些白牙！我覺得，擁有了它們，我就可以恢復理智，從而重獲平靜。

夜幕降臨，黑暗現身，塗上一片焦黑後又離去。天光漸露，新的一天又來。第二晚的霧氣開始瀰漫四周，我卻依然動也不動坐在孤獨的房裡，還是沉浸在深思冥想之中，滿腦子依舊只一意想著牙齒。那牙齒的幻象飄動在書房的光影變化之中，活靈活現，清晰得教人極不舒服。最後，一聲好像出於恐懼驚慌的狂野嘶吼，強行打斷了我的空想，停了一下之後，接著是亂糟糟的聲音，夾雜了許多出於悲傷或痛苦的低聲呻吟。我趕忙起身，用力推開書房的門。站在前廳的，是淚流滿面的女僕，她告訴我貝瑞妮絲——死了。當日清早，貝瑞妮絲突發癲癇，倒斃而死。現在傍晚時分，下葬的所有準備工作已經完成，也為她備妥墓穴。

*

我又發現自己獨自一人坐在書房裡。感覺上我好像才從一場混亂又激動的夢裡醒過來。我曉得當下是午夜了，我也很清楚，日落後貝瑞妮絲便已下葬。只是，我卻完全不知道那想來就討厭的中間過程發生什麼，充其量只是模模糊糊的。話說回來，我倒記得過程充滿恐怖——那樣的恐怖，因為朦朧不清，所以更加駭人；因為含糊不明，所以更為可怕。那是我這輩子的所有經歷中，一頁滿是模糊、驚駭，又難以理解的可怕回憶記錄。我努力想解讀這些回憶，卻白費功夫。同時，那尖銳又刺耳的女生尖叫聲，好像時不時就迴響在我耳裡，彷彿往昔的聲音，成了鬼魂一般。我犯下一件事——犯下了什麼事？房裡的回音應聲——「犯下了什麼事？」

我身旁的桌上點著燈，燈旁有個小黑檀木盒。盒子沒什麼特別的，以前我就常常看到，那是我的家庭醫師的東西。不過，這盒子怎麼會出現在我桌上，而我注意到的時候，何以又不寒而慄？這些我都無法解釋。我的目光最後停在一本翻開的書上，書頁裡有句出自詩人易本・齋厄筆下的句子，遭人畫了底線。文句簡單，但文意奇特。「我的友伴告訴我，去看看摯愛的墳，多少會舒緩我的憂慮。」既然如此，為什麼我讀到這些字的時候，會頭皮發麻，嚇到血液在血管裡凍結？

這時，有人輕敲書房的門。一位臉色慘白如死人的僕人，輕手輕腳，一副不想招惹麻煩的樣子，走了進來。他看起來相當害怕，跟我說話時，聲音嘶啞顫抖，而且壓得非常低。他說了什麼？我聽到的是不成句的片段。他說靜謐的夜晚聽見一聲慘叫，還說家裡的人全都聚了過來，大家循著聲音的方向要找出來源。然後，他低聲提到有人褻瀆墓穴時，一字一句講得清清楚楚，教人害怕。他也提到大家在墓穴邊發現了一具遭毀的人體。那人穿著壽衣，卻還有呼吸，還有心跳，人還活著！

他指著我的衣服，衣服上沾滿了泥巴和乾了的血塊。我沒有說話，他輕輕地拉起我的手。我的手上都是人指甲的抓痕。他要我看看某件靠著牆的物品，我端詳了一會兒，那是把鏟子。我尖叫了一聲，跳起來衝去桌邊一把拿起那個黑檀木盒。不過，不管我怎麼用力也開不了。盒子從顫抖不已的手中滑了出去，重重摔在地上，破得四分五裂，從裡面嘎啦嘎啦地滾出了一些牙醫手術用具，其中還夾雜著三十二顆亮閃閃、象牙般的白色東西，散落四處，滾來滾去。

# 麗姬亞
Ligeia

意志永存於你我內心。誰知曉意志之玄妙，意志何其強大？因上帝不過是專一無他、遍及萬物的偉大意志而已。凡無意志薄弱之缺陷者，既不降服於天使，也不屈服於死神。

——約瑟夫．格蘭威爾（Joseph Glanvill）

我怎麼也想不起來與麗姬亞小姐最初相識的事，不但記不得時間，就連確切地點在哪兒，我也沒印象。那都是好多年前的往事了，我因為受了太多苦，如今記憶力相當不好。又或許，我之所以記不得，是因為我摯愛的麗姬亞小姐，她那性格、罕見的學識、出奇美麗卻又溫順的外貌，以及教人興奮又神魂顛倒的口才，再搭配那悅耳動聽的輕聲細語……這種種一切，早在我不知不覺的情況下，悄無聲息、源源不斷地進入我的內心。不過，我認為自己是在萊茵河附近某座凋零古城與她初相識的，那也是我們見面最頻繁的地方。她跟我談過自己的家族，這一點我很肯定。可以確定的是，她的家族年代久遠不可考。麗姬亞！麗姬亞！我雖然埋首於最能教人忘卻世俗的研究之中，但只要這個甜蜜的名字一出現——只要麗姬亞這三個字，她那已香消玉殞的身影，彷彿就現身在我眼前。就在寫作的當下，我突然想起一件事：麗姬亞除了是我的朋友、指婚對象，後來還變成我的研究夥伴，最終成為我鍾愛髮妻，但我卻從不知道她的姓氏為何。這難道是麗姬亞的調皮之錯？還是說，這是在測試我，真的愛她，就不該調查？或者，其實這是我自己的怪念頭——不問對方姓氏是愛到極致的犧牲，一種浪漫的奉獻？我連回憶這件事都模模糊糊的，那麼，就算完全忘記一開始的情況或條件為何，也不奇怪吧？如果真有一種精神叫浪漫，如果埃及崇拜的艾須托菲，這位雙翅輪廓模糊又一臉病容的女神，真如大家說的那樣掌管不吉的婚姻，那麼，我的婚姻肯定也歸祂管。

不過，有件寶貴的事，我倒是記得清清楚楚，也就是麗姬亞這個人。她人高，身材略顯纖細，在她臨死前的那段期間，甚至更是消瘦。她的威儀與從容自若，或是那靈活輕盈到無法想像的步態，就算我想描述，也描述不來。她來去如影。若不是她一邊用甜美輕柔的嗓音說出悅耳之言，同時將大理石般潔白的手搭在我的肩上，我絕對無法知道她走進關起門的書房。沒有任何女子的容貌可與她相提並論。她的美貌是服食鴉片後的夢幻光輝，比提洛斯島三女兒[1]的夢境幻象更為絕美出眾，是空靈優雅振奮人心的美麗景致。但她的五官卻不是異教徒古典著作當中，錯教我們膜拜的那種尋常模樣。維魯蘭男爵培根誠懇地論及各形各色的美時曾說：「絕色者必有比例奇異之處。」儘管在我眼裡，麗姬亞的五官不符典型尋常之美，我也覺得她的漂亮實屬「絕美」，而且充滿「奇異之處」，我還是怎麼也察覺不到哪裡有違尋常，也弄不清楚自己對「奇

1　希臘神話中，提洛斯島（Delos）為太陽神聖島，而聖島的國王與先知阿紐斯（Anius），育有三名女兒。她們擁有神力，能使作物結實纍纍，創造出葡萄酒、麵包、橄欖油等食糧。

異」的看法。我曾細看她蒼白的高額頭，「無暇」這樣的字眼用在如此絕美之物，竟不夠吸引人！最質純的象牙也比不上她的肌膚，她的站臥間皆嶄露威儀，而且天庭飽滿。一頭烏黑發亮的豐厚自然捲髮，完全就是荷馬筆下的形容詞「風信子般」的深色美髮[2]！我曾端詳她鼻子的精緻輪廓，那種完美，只有在希伯來人的典雅浮雕上可見。這樣的鼻子，表面同樣精緻光滑，鼻梁也幾乎看不出一絲隆起，鼻孔的曲線一樣恰到好處，顯示出自由不拘的氣息。我也端詳過她那張可愛的嘴。那真是絕美中的絕美——上唇較短，形狀出色，下唇柔軟，豐厚性感。而那酒窩、那唇色，都美極了。當她露出寧靜祥和卻又煥發容光的微笑時，那一口皓齒亮晃晃地閃耀著，猶如聖光，一道道打在上面，反射光芒。我還好好看過下巴的形狀，同樣發現她的下巴跟希臘人的下巴都一樣柔和不過寬，豐實又高貴，彰顯靈性。就像太陽神阿波羅只能在夢境示現給雅典之子克里奧米尼斯[3]看的那種完美輪廓。我接著又凝視麗姬亞的大眼。

她的雙眼，我們無法找到古代的對比。或許，維魯蘭男爵提到的話，也可以在我摯愛妻子的雙眼中找到答案。我必須說，她的雙眼遠比我們一般人的眼睛大得多。就連努爾賈哈德山谷的蹬羚，雙眼再大再圓，都不及麗姬亞。不過，只有在她時不時興奮激動的當下，眼睛大的特點才會讓人注意到。同樣地，也是這種時候，她的美——或許我想瘋了才會這樣覺得——根本非人間或天上所有，乃是土耳其神話中天仙[4]的美。她雙眸的瞳孔黑到無比發亮，上睫毛更是既黑又長。至於那對雙眼的「奇異之處」，我覺得，本質上與她的五官型態、顏色或華美度有別，說到底指的就是眼神。啊，文字無用啊！文字背後的自由解讀，是我們對靈性冥頑不靈的無知。麗姬亞那眼神啊！我曾花了多少時間深思其中的意義！我曾花上一整個仲夏的夜晚，想方設法要揣摩她的眼神！深藏在我摯愛妻子明眸的意義究竟是什麼——那可是比德謨克利特之井[5]深奧的呀！那到底是什麼？我拚了命地想搞懂其中意涵。她那雙眼睛啊！那雙又大

---

2 荷馬用神話中阿波羅的愛人死後化為風信子的典故，以「風信子般」的形容詞描述美麗的捲髮。

3 著名大理石維納斯像的雕塑者。

4 在伊斯蘭信仰中，天仙（Houri）為送給上天堂的虔誠穆斯林男子的仙女，以美眸著稱。

5 古希臘哲學家德謨克利特（Democritus）曾說「真理躺在水井的底部」，因此祕密與真相的藏匿之處便稱為德謨克利特之井。

又亮的絕美明眸！它們成了我的雙子神星[6]，而我則是最虔敬的星象家。

許多難以理解的心智科學相關反常現象中，最激動人心的莫過於此：在我們努力回想某件早已遺忘的事情時，往往會發現自己就快記起來了，但最後還是想不起來。這種事情我相信學校不會教。我專注細看麗姬亞的雙眼時，經常覺得自己就要完全理解那眼神的含意，覺得再差那麼一點點而已，但卻還算不上明白。可是最後那種感覺，竟完全消失！我還發覺（真是奇怪啊，沒有比這更奇怪的事了），可以用好多世上最尋常的事物，比擬她的眼神。我是說，打從麗姬亞的美逐漸成為我心之所繫，猶如奉入神龕般存在於我的心裡，我就從外在世界的許多事物中，得到一種跟自己被那雙大明眸激起感動類似的情緒。只不過，我還無法定義、分析、甚至從容地看待這種感覺。容我再說一次，我認得出那種感覺。有時出現在我端詳快速生長的蔓藤之時，或凝望飛蛾、蝴蝶、蟲繭、流水等等。望海時我也有過那種感覺，看流星殞落時也有。看到年紀特別大的老人時也有那種感受。還有，用望遠鏡查看天上某一、兩顆星星的時候，我也曾有那種感覺（尤其是天琴座星附近的一顆六等食雙星）。弦樂器的某種樂音曾讓我有那種感受，時不時讀到某些書籍裡的段落，我也會有感。在這些數不清的案例裡，我清楚記得約瑟夫．格蘭威爾有本書每次都會激起我這樣的感受，上頭說：「意志永存於你我內心。誰知曉意志之幺妙，意志何其強大？因上帝不過是專一無他、遍及萬物的偉大意志而已。凡無意志薄弱之缺陷者，既不降服於天使，也不屈服於死神。」（也許只不過因為這些文句怪得很有意思。但，誰說得準？）

多年過去，再加上長久以來我自己的深切省思，我的確已經有辦法看出這位英國倫理學者的話，和麗姬亞的某些性格之間有何細微關聯。就是因為那種沒有其他更直接證據證明其存在的巨大意志，才讓她的思想、行為，還有言語，給我如此強烈的感受。最起碼她的言行思考，反映了巨大的意志。在我認識的女人裡，外表冷靜又波瀾不驚的麗姬亞，是最受一貫熱情折磨的人。我無法比擬那樣的熱情，只能用她那雙讓我又愛又怕的雙眼的驚人尺寸揣度，或以

6 原文為twin stars of Leda，指的是希臘羅馬神話中，斯巴達王后麗達（Leda）的雙胞胎兒子。

她低聲細語時那種魔幻般的美聲、語調、清晰度與沉穩度相比，再不然，就用那些她老掛嘴上的荒唐話語所散發的激烈能量（與她輕柔的說話方式一對比，效果可會加倍），才能衡量。

我已經提過麗姬亞的學識：她的學識博大，在我認識的女人裡，無人可及。她精通各種古典語言，而就我通曉的各種歐洲現代方言來說，她從來沒出過錯。真是如此！就連談論學究自豪的博學知識中，最深奧難懂的主題——因此也是最受大家讚賞的主題，我又何曾發現她有錯？奇怪且教人興奮的是，直到最近，我才注意到妻子的這個特質！我方才說，她的知識，在女人中獨一無二。話說回來，哪裡又有成功涉獵包含倫理學、物理學，以及數學等各個領域的男人？麗姬亞的才學博大，教人震驚。但這件事，我現在才清楚知道，當初我並不曉得。不過，我從前就相當了解她有讓我乖乖聽話的無限能力。她彷彿帶有孩子般的自信，引領著我在我倆結婚的最初幾年裡，探索形而上的渾沌領域，忙於相關研究。在她逼著我研究那些大家幾乎沒興趣、而且所知不多的領域時，我的感受是自己走在漫長、美麗、完全杳無人跡的路上，美好的景致一滴一點在我面前開展，搞不好我終究朝著珍貴到只能禁絕的智慧前進！那是多麼讓我得意，多麼教人欣喜，簡直是好到不可思議的期望！

所以，幾年後，眼見自己有憑有據的期望插翅而飛，我又該是多麼悲痛！沒了麗姬亞，我不過是個愚昧摸索的孩子而已。光是有她在身邊，提出她的看法，我們埋首研究的先驗主義[7]當中的許多難懂之處，就豁然開朗。少了她雙眸的明亮光芒，就算金色發光的文字，也比農神薩杜恩[8]的鉛土還沒有光澤。這會兒，她的那雙明眸越來越不常投向我鑽研的書頁上。麗姬亞生了病。她那不羈的雙眼發出太閃耀的光輝燃燒著。她那蒼白的手指，呈現出死亡的慘白透明色調。連溫和的情緒起伏，也會讓她高額上的青筋，猛烈起伏。我明白她難

7 先驗主義（transcendentalism），十九世紀美國本土發展出來的思想，具有歐洲浪漫主義的色彩。其重視人生命的個體性與感受性，強調想像力勝過理性，肯定創造力優於理論。

8 鉛金屬由於長久以來為人使用，加上其柔軟易塑的特質，使人聯想到大地上的泥土，而使人將其對應到天文學中的土星。其守護神即為羅馬名「克洛諾斯」（Cronos）、希臘名「薩杜恩」（Saturnus）的泰坦天神。

逃一死，我則拚了命地在精神上與死神亞茲拉爾[9]對抗。而讓我大吃一驚的是，我那情感強烈的妻子，對抗死神比我更積極。她那不為動搖的本性，再再讓我以為，對她來說，死亡不會帶著恐怖而來，可是並非如此。她跟死神搏鬥時，反抗的激烈程度，沒有文字足以傳達。眼見這可憐的景象，我痛苦呻吟。我本想哄哄她，我大可規勸她，可是，在她對生命強烈的渴望——要活下去的渴望之前，安慰與規勸，極其愚蠢。即便如此，在她好鬥的精神做出最激烈掙扎之際，她表面上的舉止沉著，也是到最後，才被打亂。她的聲音越變越溫柔，說話越來越輕，我卻不想執著於那些細聲細語說出來的話，究竟有何天馬行空的含意。我頭暈目眩，同時出神地傾聽著那超乎世間的悅耳之聲，那些世人未曾聽聞的想法和志向。

她愛我，這點我本不該懷疑。而且，我本應輕易明白，在她這樣的女人心中，愛不該只是普通的激情。然而，只有在死亡時，我才完全銘記她那愛的強烈。她會長握我的手，對我傾吐心聲。她那超越熱情的奉獻，已經到了盲目崇拜的地步。我何其有福，配得上這番告白？我又何以會得到摯愛向我真摯告白之時，就要死去的詛咒？只是，我無法再就這一點詳述。僅容我這麼說吧：哀哉！麗姬亞的情況，不只是女人任由愛擺布而已。我何德何能，我何以擔當？最後，我才終於認清，她如此認真渴望著如今一閃即逝的生命，出於何因。我無能描述，也全然無力表達的，就是她的這種熱切企盼——這種渴望活下去、只是要活下去的強烈之情。

她離世當晚半夜，蠻橫地把我叫到身邊，命我將幾天前她寫好的詩，再朗讀一遍。我聽了她的話照做。那首詩如下：

瞧！這是個喜慶之夜，
在孤獨的晚年！
一群天使，收攏翅膀，
戴上面紗，痛哭流淚，

9 在伊斯蘭教中，亞茲拉爾（Azrael）即為手操生死簿的「死亡天使」。

坐在劇院裡，觀看
一齣希望與恐怖之劇。
此時交響樂隊斷斷續續地
奏出天上之音。

裝扮成上帝的丑角，
低聲咕噥，含糊而語，
從舞台這頭飛到那頭。
他們只是木偶，來來去去，
全由大量的無形物支配，
無形物不斷反覆變幻場景，
從它們那兀鷹的翅膀內，
拍出看不見的不幸！

那齣小丑劇！噢，放心，
人們不會遺忘！
劇中一群人對自己捉不住的幻象，
永遠緊追不放，
在一個永遠回歸同一個點的
圈圈繞啊繞。
劇情的要素滿是瘋狂，
充滿罪孽還有恐怖。

但是，看啊，就在那群嘈雜的丑角之中，
一個蠕動的東西闖了進來！
那血紅色的東西從場景一隅，
邊扭邊出來！
它會扭動！它會蠕動！丑角承受致命的痛苦，

成了它的美食，
天使看見怪獸毒牙沾滿人的血，
都嗚咽啜泣。

燈滅——燈滅——燈光全滅！
每個嚇到直打哆嗦的身影，
都被彷若喪禮棺罩的舞台布幕罩住，
那布幕落下，急如風暴。
這時天使全都面色蒼白，
摘下面紗，起身，聲言：
這是一齣叫《人》的悲劇，
而主角就是那隻征服者——蟲。

「噢，上帝啊！」我剛讀完詩，麗姬亞很快就站起身來，向天伸出止不住顫抖的雙臂，半尖叫著哭喊。「噢，上帝啊！噢，聖父！這些事情難道始終不變嗎？難道這個征服者就不能被征服一次？難道我們不是從祢的一部分而來的嗎？有誰——誰知道強大意志的玄妙？凡無意志薄弱之缺陷者，既不降服於天使，也不屈服於死神。」

這會兒，彷彿被情緒掏空，她任憑自己兩條蒼白的手臂垂落，嚴肅地回到臨終的病榻。她那最後嘆噓的幾口氣裡，還夾雜了一聲低喃。我彎下身側耳傾聽，又清楚聽到了格蘭威爾那段話的最後一句，「凡無意志薄弱之缺陷者，既不降服於天使，也不屈服於死神。」

她死了。而我，悲痛欲絕，無法再忍受孤獨淒涼地住在這座萊茵河畔、凋零慘淡的老城。我不缺世間所謂的財富。麗姬亞帶給我的財富，遠比一般人命裡注定擁有的還多很多。我百無聊賴、漫無目的地遊蕩幾個月之後，在美麗的英格蘭，挑了最罕無人至又荒涼的地方，買下一座修道院，也維修了一番。至於修道院的名字，我就不說了。修道院宏偉建築的陰鬱沉悶，所在區域幾乎未開化的蠻荒，以及前後兩者讓人聯想到的許多古老又鬱悶的記憶，跟我自暴自棄的感受一致。也是因為這樣，我才會來到英國這處既偏遠又孤僻的區域。話說回來，雖然我幾乎沒有更動修道院四周，長滿綠色植物的殘頹外觀，不過，我卻帶著一股孩子氣的任性，同時還抱著或許這麼做能減輕憂愁的一絲希望，放手將室內布置得比王室更富麗堂皇。我喜歡為了裝飾而裝飾，甚至從小就如此。這下，我因哀悼亡妻而搞得神智迷糊似的，又重拾這些怪興趣。哎呀，我覺得，從那些華麗又奇幻的帷幔簾帳、埃及的宗教雕刻、誇張的雕花飾板和家具，還有金絲簇絨地毯上繁複無比的圖案當中，八成可以看得出我神經錯亂多嚴重吧。就算只是早期症狀，也可略知一二！我早已成為受鴉片束縛的奴隸，而我的言行皆因自己的空想而改變。不過，我可萬不能岔題細談這些荒唐事。容我只談一間該死的房間。當時我一時精神錯亂，娶了來自特雷緬因、有著淺色頭髮和藍色眼睛的羅維娜．特雷凡妮恩小姐進門，住進那間房。

直到現在，那間新房的結構和裝飾，我全歷歷在目。新娘那高傲的家族，為了貪財，竟讓處子之身的心愛女兒嫁過門，住進這般裝飾的房間。他們的靈魂何在？我說過，房間的細節我記得十分清楚。可惜的是，我卻忘了重要的內容，也記不住房間裡的奇幻展示有何規律或一致性。那是一間相當寬敞的五角形房間，位於城堡式修道院的其中一個高聳塔樓裡。五角形房間南面的那道牆上，只有一扇窗。窗上一整塊沒有分割的威尼斯玻璃，大得不得了。玻璃顏色帶點灰，所以，穿透玻璃的日光也好，月光也罷，照在房內的物品上，會有一種可怕的光澤。高塔的大牆上攀附了老藤，長得錯綜交橫，一路蔓延到這扇大窗的上緣。房間的天花板極高，成拱頂型，是看來陰暗的橡木材質，上頭裝飾了最誇張也最怪誕的半哥德式、半德魯伊式[10]浮雕圖案。這座陰暗的拱頂最中間，垂下一條長環金鍊，掛著撒拉遜風格[11]的超大金屬香爐。香爐的孔洞設計，讓從中源源發出的多變爐火，就像活靈活現的蟒蛇，盤繞進出。

房裡四處都放了東方風格的軟墊凳和金色燭台，還有一張印度樣式的低矮

---

10 在古凱爾特（Celt）文化中，德魯伊（Druid）地位崇高，扮演祭司、學者等多重角色。凱爾特人的信仰則為德魯伊教，信徒崇拜山河日月、動植物等等。而德魯伊式的裝飾以螺旋形符號、不斷交織的繩結、大自然元素為特徵。

11 撒拉遜（Saracenic）風格，主要指伊斯蘭世界發展起來的藝術風格。常使用幾何圖案、阿拉伯文字等裝飾元素，色彩鮮豔，富有裝飾性。

床——那是婚床，用堅硬的黑檀木雕成，上方還罩著像棺罩般的頂蓬。房裡的每個角落各豎立著一個巨大的黑花崗岩石棺，這些都來自鄰近路克索城[12]的法老古墓，老舊的棺蓋上，滿布年代久遠的雕刻。可是，哎呀！房裡的那些帷幔簾帳，才是最能喚起奇思異想的東西。那些高聳無比——甚至可說不成比例的牆，從頂到腳都垂蓋摺了很多層、看上去又大又重的掛毯。這些掛毯的材質跟地上鋪的地毯、軟墊凳和黑檀木床的罩布、床的頂蓬布，還有部分遮蓋了窗戶的美麗窗簾螺紋布一樣。那是最貴重的金絲簇絨。布料上加工了黑到發亮的圖案，還有直徑約為三十公分的可怕圖像，間距不等地遍布其上。但只有從某個角度看，這些圖像才真的有讓人害怕的效果。而簾幔上的圖像會因視角有所變化，這種如今常見的設計，其實由來已久。對於一進到房間的人來說，它們是呈現可怕之物的樣貌，然而，往裡走一點，這種樣貌就慢慢不見了。接下來，隨著一步步地移動，會看見諾曼民族[13]迷信中的可怕形體，或是僧人不該貪睡卻睡著時會出現的恐怖形體。因人為引進，帷幔簾帳後頭不斷有強風吹灌，更大大加重這種幻影似的效果，一切彷彿活了過來，教人不安又厭惡。

我跟羅維娜小姐，就在像這樣的高樓中，在像這樣的新房裡，極為不安地度過新婚可怕的第一個月。我不禁察覺到，妻子畏懼我極端喜怒無常，她不但躲著我，也不怎麼愛我。但是，對此我倒樂得很。我用一種只有魔鬼才有的恨意嫌棄羅維娜。我回憶著麗姬亞（噢，那痛惜之深切！）腦子想的都是端莊美麗、玉殞香消的摯愛。我陶醉在回憶裡，想著她的純潔與智慧、高節與脫俗，還有她對我那猶如崇拜偶像的熱切之愛。這下子，我的心靈燃燒得猛烈不羈，程度可遠遠超過她對我那如火熱情的助長！每當我吸了鴉片，處在奇幻空想的興奮狀態下（我已經習慣被這藥物的束縛控制），便會於夜裡寂靜之時，或在白天的幽谷深壑之間，大聲呼喚她的名字。彷彿自己憑著迫切的渴望、鄭重的強烈情感，還有思念亡妻的那種強烈愛情，就能讓她重回自己拋下的人世路——啊，難道不能就這樣永無絕期嗎？

12 路克索（Luxor），位於埃及中部偏南的古城。歷代法老在這裡興建了無數神廟、宮殿和陵墓，是古埃及文明高度發展的見證。

13 諾曼民族（Norman），維京人的後裔，現代英國、法國、義大利人的先祖。

我們的婚姻剛邁入第二個月，羅維娜小姐就突然病了，拖了很久都好不了。在發燒的折磨下，她夜夜難以平靜。而每當她處在半醒半夢的混亂狀態，就會說起塔樓新房和周遭的聲響和動靜。在我看來，若非她胡思亂想，八成就是新房本身的幻象影響使然。最後她終於康復——總算恢復健康。然而，過不了多久，第二場更重的病又讓她在病床上受苦，她向來孱弱的身體，從此再也沒能完全恢復。她的病令人擔憂，此後不時的復發，更讓人擔心，對此醫師一無所知，再努力醫治也無效。隨著這長期下來的病，日益加重，病入膏肓，顯然已非人為所能藥到病除。同時，我很難不發現她性情上也越來越緊張焦躁，一些微不足道的小事，就會讓她害怕。她又會像之前一樣，說起帳幔間異常的動靜與聲響——那種細微的聲音。而且講的頻率更高，態度更為固執。

九月底的某一晚，她又拿這樁惱人的事，要我立刻處理，而且堅持更勝以往。當時她剛醒來，在此之前，我半帶焦急又莫名恐懼地看著睡不安穩的她，那枯瘦面容的表情變化。我坐在她黑檀木床旁邊的印度軟墊凳上。她半撐著身子，認真地用氣音講到自己方才聽到的聲音與看到的動靜。但我什麼也沒看見，什麼也沒聽見。當時帳幔後方正有風呼嘯吹著，我希望自己讓她明白那些幾乎聽不出所以然的聲息，和牆上變化細微的人影，不過是風所造成的結果（我承認，我自己都不全相信自己的話）。話說回來，從滿布她臉上的慘白，我確知自己再努力安慰也是枉然。眼看她就要昏過去，又沒有僕人差喚，這時，我想起醫生囑咐過可以給她喝的一瓶淡酒，便趕忙走到房間另一頭去拿。但我才一腳踏進香爐的微光下，就注意到兩件震驚的事。我覺得某個看不見但感覺得到的東西輕拂過我身邊，還有，我看見金絲地毯上，香爐映照的光澤中間，有個影子——模糊隱約但美麗的身影，就好像大家可能以為的那種鬼影。然而，當時的我正處在大食鴉片的興奮不羈之中，一點都不在意這些事，也沒跟羅維娜提。找到酒後，我再走回房間的一頭，倒了一整杯，湊近就要昏過去的羅維娜嘴邊。不過，此時她已稍稍恢復神智，自行接手，我則往身旁的軟墊凳一屁股坐下，雙眼直直盯著她。就在那個當下，我清楚聽到地毯傳來輕微的腳步聲，就在褥榻附近，而當羅維娜舉杯喝酒之際，我看見——也可能是我幻想自己看見，三、四滴呈現紅寶石色的晶亮汁液，好像從空氣裡無形的湧泉滴進了她手中的酒杯。雖說我親眼目睹了，但羅維娜沒看到。她毫無猶豫地喝下那杯淡酒，我則忍住沒把所見之事告訴她，畢竟我還是認為那肯定只是逼真的幻覺聯想，被羅維娜的恐懼、我服用的鴉片，還有半夜時分過度激化出來的結果。

儘管如此，我的感覺卻隱藏不了這個事實：我的妻子才剛吞服紅寶石的汁液，病情就急劇惡化。嚴重到事發後的第三晚，她的侍女便已著手為她準備後事。到了第四晚，在這間納她為新娘的古怪新房裡，我孤零零地坐著，一旁是已穿上壽衣的她。鴉片產生的混亂幻象，如幻似影地，在我眼前掠過。我目光不安地凝視著屋角的石槨，盯著帳幔變化的形體與頭上香爐斑斕搖曳的火光。接著，想起那晚的事，我的目光落在香爐下火光映照處，那個看見隱約身影的地方。不過，那個形影不在那兒了，我鬆了口氣，轉而看向床上那具蒼白又僵硬的屍體。說時遲，那時快，對麗姬亞的千思萬念，向我襲來——我就曾懷著那種說不出的悲傷，看著穿著壽衣的她！這些回憶，像洪水又急又猛，再次湧上心頭。夜已深，但我依然一心想著我唯一的摯愛，凝視著眼前羅維娜的屍體。

雖然我沒有留意時間，但可能到了半夜，不然就是半夜前後，有一小聲聽來非常清楚但卻很輕的啜泣聲，讓我從空想中驚醒過來。我覺得那啜泣聲來自黑檀木床，也就是那張臨終病榻。我真覺得有那麼回事，嚇個半死地側耳細聽，但那啜泣聲不再。我瞪大眼睛仔細查看屍體有無動靜，但絲毫也察覺不到。話說回來，我不可能聽錯。無論那個聲音多微弱，我都確實有聽到，我的神智也清醒了。我毅然決然目不轉睛地盯住那具屍體。過了許久，仍然沒發生什麼事，能解開方才的謎團。最後，我終於清楚看到屍體雙頰泛起相當微弱、幾乎難以察覺的紅暈，眼皮陷下的細小血管也有了一抹淡淡紅色。一股人類語言不足以描繪的莫名恐懼與畏怯，讓我感覺自己心跳停止，四肢僵硬，動彈不得。不過，我的責任感總算使自己恢復鎮靜。我萬不能再質疑準備後事是否過於急躁，這也不是質疑羅維娜是否活著的時候，即刻搶救才是必要的事。但塔樓和修道院裡僕人住的地方是完全分開的，眼下我叫不到任何人。若要叫僕人來幫忙，就非得離開房間好一會兒才行，但當時我不能如此冒險。因此，我便獨自一人努力地想喚回那縷還在徘徊的遊魂。可是，才過一會兒，情況又回復成先前一般：她雙頰與眼皮的血色盡失，徒留比大理石還蒼白的枯槁。雙唇的枯皺加倍，縮成一副駭人的死狀。身體表面迅速滿布令人不快的那種濕涼，隨之而來的便是如常的全身僵硬。我渾身發抖，跌坐回剛剛一驚而起的那張椅子上，再度陷入對麗姬亞的狂思念想。

就這麼過了一個小時，我第二次聽到床上傳來隱隱約約的聲音（這可能嗎？）我極度恐懼地仔細聽著。那聲音又來了，這次是一聲嘆息。我衝到屍體前，看見——而且是清清楚楚看見——雙唇顫動，一下又鬆開，露出一排猶如明珠的皓齒。我心裡一陣驚詫，但接著只有恐懼。我感到自己視線朦朧，神智迷茫，費了好大的勁才終於振作，責任感再次點出我有任務在身。這會兒羅維娜的額頂、臉頰，還有喉嚨都多少發出些紅暈，感覺整個身體也有了溫度，甚至心臟微微有了顫動。她活著。我熱忱加倍，專注地要讓她起死回生。我擦熱她的太陽穴，為她暖手，盡了一切全憑經驗卻無醫學知識的努力。儘管如此，還是枉然。那紅暈乍然消失，心跳停止，雙唇又恢復了死貌，整個軀體旋即變回冰冷、蒼白、僵硬無比，而且輪廓枯槁，一切令人作嘔的死屍特徵都出來了，一如這些天來那樣。

我又再次陷入對麗姬亞的幻想之中。而且，又來了，我耳裡聽到黑檀木床傳來的輕聲啜泣（執筆之時，我瑟瑟發抖，這多麼令人驚駭哪！）但我為何要持續細數那晚言語難以傳達的恐怖事件？我何必次次敘述黎明時分之前，一而再再而三重複發生的惱人復生劇碼？我又何必複述每回到頭來，不過是再次陷入更決絕也更萬劫不復的死亡？我為何要一直講，每次的痛苦都像跟隱形的敵手對抗一般？而且，一次次的對抗之後，接下來屍體外觀上又會出現我根本不知所以然的急劇變化？還是讓我快說結尾吧。

那個恐怖夜晚就快結束，死去的她又再次微微動彈。這回雖然比先前更富生命力，只不過，復生無望，倒教人無比害怕。我早就放棄掙扎，連動都不想動，直直地坐在軟墊凳上，猶如狂暴情緒旋風下的無助犧牲品。在這場旋風之中，極度的恐懼也許最不可怕，也最不耗心費神了吧。我再說一遍，那屍體又微微動了，活力更勝以往。生機以一種罕見的元氣在她臉上泛起紅暈，四肢也放鬆了，除了雙眼還是緊閉，而且裹屍布和壽衣依然透露這軀體行將入殮。我說不定會幻想，羅維娜真的已經完全掙脫了死神的束縛。話說回來，即便這個想法在當下沒有成立，但當身裹壽衣的她起身下床，雙眼閉著，踏著不穩的腳步像夢遊的人一樣，貿然而明確地走到房間中央之時，我最起碼不能再質疑了。

我沒有發抖，也沒有動彈，因為那身軀的神態、高節與舉止，讓我聯想到好多難以言傳的念頭，而那些畫面一股腦湧現在我的腦海。我怔住了，像石頭般一動不動。我毫無動作，只是凝視著眼前的特異景象。我的思緒異常混亂，狂亂而無法抑制。迎面而來的，難道真的是活生生的羅維娜？真的是羅維娜嗎？那個出身特雷緬因、有著淺色頭髮和藍色眼睛的羅維娜小姐？為什麼？我為何會有所質疑？那裹屍布沉甸甸地垂掛在她嘴邊。話說回來，那張嘴，有沒有可能不是活著的羅維娜的嘴？沒錯，雙頰可能倒真是活的羅維娜的漂亮臉頰，猶如她中年時粉面上的兩朵玫瑰。還有，那如同她健康時一樣的下巴與酒窩，難道不是她的嗎？不過，她病了之後還有長高嗎？我擺脫不了那樣的念頭，這是多麼莫名難言的瘋狂？我縱身一跳，摸到了她的腳！她往後一縮，不讓我碰，頭上原本綁著的裹屍布，鬆開滑落，一頭豐厚的蓬鬆長髮就這麼流瀉在房裡吹拂的空氣之中。那長髮的黝黑，勝過午夜的黑幕！這會兒，站在我跟前的人慢慢睜開雙眼。我放聲尖叫道：「如今，我最起碼絕對、絕對沒看錯了。那雙圓滾滾又目光熱切的黑色雙眸，屬於我失去的摯愛，那是麗姬亞小姐啊。」

# 莫蕾拉

Morella

自行自續，
始而復周。

——柏拉圖《饗宴》

我對朋友莫蕾拉有著深厚卻極為異常的情感。多年前我與她偶然交識，初次見面，我的心中就燃起從未有過的如火熱情。不過，那並非慾望之火。我後來終於認清，這熱情之火，意義非比尋常，我不但無法定義，也控制不了其熱烈燃燒的程度。對積極想弄清楚的我來說，實在痛苦不堪。儘管如此，在命運的結合下，我倆結縭。我未曾言愛，也未曾想過激情。然而，她迴避交遊，只屬於我一人，對此，我覺得很幸福。好奇是一種幸福。思考亦如是。

莫蕾拉學識淵博，才華過人，心智強大，教我神往。對此深有所感的我，在許多事情上，成了她的學徒。只是，我旋即發現，或許是因為她在普雷斯堡[1]受過教育，她讓我讀了許多志怪類的作品，在世人眼中，那些往往不過是些無用的早期日耳曼書籍。我難以想像，這類非實用性的書籍，莫蕾拉何以經常研讀、視為最愛。但隨著時間過去，它們也成了我愛讀又常讀的東西。這八成是習慣所致，有樣學樣吧。

我鑾肯定，這一切幾乎與我的理性思考無關。我若記得沒錯，奇思異想，絕對不會影響我的信念。還有，除非我的認知嚴重有誤，否則，在我的思想或行為上，你也看不到半點志怪作品的影響。對此深信不疑的我，唯妻命是從，放膽進入她那錯綜複雜的閱讀領域。當我沉浸於那些禁書之中，感受內心燃起一股興致之時，莫蕾拉就會用她冰冷的手摸我的手，從遭到世人廢棄的哲學裡，挑出一些意義奇特讓我永難忘懷的字。我則接連幾個小時都流連在她身旁，傾聽她那令人興奮的美妙嗓音，直到這悅耳的聲音最後帶著些許的驚駭。

這時，我心頭先是襲來一陣陰森感，接著臉色嚇得蒼白，發自內心對她超自然的聲調感到害怕。就這樣，快樂突然消失於恐懼之中，絕美成為絕醜，猶如欣嫩子谷變成了煉獄一樣[2]。

我無須敘述那些研究確切的性質。但長久以來，那些書的內容，成了我跟莫蕾拉唯一的話題。博學的人很容易就可以把這些內容，想成神學道德觀這類的學問。對無知的人而言，這些內容他們一點都不懂。費希特[3]不尋常的泛神論，畢達哥拉斯學派改良後的重生學說[4]，最重要的，還有謝林倡導的同一論學

1 普雷斯堡（Pressburg），東歐國家斯洛伐克（Slovakia）首都舊稱，現今名為布拉提斯拉瓦（Bratislava）。

2 欣嫩子谷的原文是Hinnom，煉獄原文為Gehenna。Gehenna為希臘文，引申為地獄之意。這個詞源自希伯來文的Ge hinnom（欣嫩子谷），是耶路撒冷城外一個山谷。因為村民在那裡獻兒女為祭，所以成為定罪的記號。

3 費希特（Johann Gottlieb Fichte，1762-1814），德國古典哲學的重要代表，唯心主義哲學家。

4 畢達哥拉斯學派（Pythagoreans），由著名哲學家、數學家畢達哥拉斯創立，以其對數學的推崇和相信靈魂輪迴而聞名。該學派要求追隨者在道德生活要修練德行，使靈魂淨化，才能早日由身體的監牢中自由出來。

說[5]，對想像力豐富的莫蕾拉，都是極富玄妙的討論重點。我真心認為，洛克先生[6]認定的那種可謂「個人」的同一論，就存在於理性人士的同一性之中。既然就以人來說，我們都明白智慧的本質就有理性，同時，由於良知總伴隨著思考，所以，就是這個良知，讓我們每個人成為所謂的「自己」，從而讓每個人跟其他會思考的人有別，賦予每個人自己的個人身分。不過，對我來說，「個體化原則」，也就人死後「認同」是否永遠消失的看法，從來都是我最感興趣的議題。我對此會深感興趣，與其說是因為這個邏輯推論的本質既神祕又讓人興奮，不如說是因為莫蕾拉講到這個的時候，態度會特別不同，而且很激動。

只不過，如今，我妻子的陪伴，卻真到了像符咒般壓迫我的地步。我無法再忍受她那蒼白手指的觸摸，而且再也受不了她動人言詞的低聲語調，還有她憂鬱雙眼中的神采奕奕。她雖然都知道，卻沒有責備我。她似乎察覺了我的軟弱或愚蠢，笑著說這是命中注定。還有，她彷彿也曉得我為何越來越疏離她——但我自己都不知何故。只不過，她卻完全沒有暗示或點醒我，何以冷漠待之。話說回來，她終究是女人，我的態度轉變，讓她日漸憔悴。慢慢地，她雙頰上出現消不掉的紅斑，慘白前額上的青筋也變得明顯。前一刻，我還秉性憐憫，下一刻，和她不經意的憂鬱雙眸對上眼時，我的心神就感到不舒服，就像人注視萬丈深淵時會暈眩那樣，我也會發昏。

這麼說來，我該講的是，我真心極度渴望莫蕾拉死掉吧？的確如此。只不過，她那脆弱的靈魂緊緊依附在肉體上，好多天過去了，好幾個禮拜、好幾個該死的月都過去了，直到我飽受折磨的心神壓過了自己的理智，她遲遲不死，我盛怒難耐。她的溫順生命如同西下薄日的殘影，一拖再拖，我卻抱著殘暴的心，在她行將就木之際，詛咒這一切歹戲拖棚令人痛苦的時時刻刻。

但某個無風的秋夜，莫蕾拉把我叫到她床前。這是寧靜的時節，大地薄霧迷濛，水面閃著溫暖的光芒，一道彩虹從天而降，落在十月的秋林落葉之間。

5 謝林（Friedrich Wilhelm Joseph Schelling，1775-1854），浪漫主義哲學家。其提出的同一論主張，主體和客體、精神和物質在本質上是相同的，只是在認知過程中呈現出不同的表象。

6 洛克（John Locke，1632-1704），英國哲學家。洛克認為，人的自我意識加上對過去思索的能力，讓我們取得了自我的同一性。

「又是一天。」我走向床邊時，莫蕾拉說：「又是非活即死的一天。對大地與生命之子來說，這真是個好日子——啊！對天堂與死亡之女而言，更是個好日子！」

我親吻了她的額頭，她接著說：

「我就要死了，可是我該活啊。」

「莫蕾拉！」

「你從不愛我——但活著時遭你憎惡的女人，一旦死了，你會愛慕她的。」

「莫蕾拉！」

「我再說一次，我就要死了。不過那種愛情的誓約還是存在我內心裡。啊，你對我莫蕾拉的感情，竟如此淺薄！我的靈魂離去，這孩子會存活，這個你和我莫蕾拉的孩子。然而，你的日子會悲傷痛苦。悲苦，一如最長存的柏樹木那樣，是最持久的感受。你的快樂時光，都會是過往雲煙，人生的喜樂不是帕埃斯圖姆[7]一年兩穫的玫瑰，過去了便不再有。你不會像特歐斯人[8]一樣頌揚歡樂時光，相反地，對情愛無知的你，會像聖地麥加的穆斯林一樣，裹著壽衣度日。」

「莫蕾拉！」我哭叫著，「莫蕾拉！妳怎麼會知道這些？」然而，躺在枕頭上的她，別過頭，四肢一陣輕顫，就這樣死了，我再也聽不到她的聲音。

儘管如此，一如她所預言，這個她臨死前生的孩子——是個女娃兒，活了下來。她斷了氣孩子才開始呼吸。這女嬰在身形和智力上，都發展奇特，而且，與母親極為相似。我愛她之深切，勝過任何人，這是我從前覺得不可能的事。

然而，過不了多久，這純潔的愛，彷彿天堂變灰暗，遭到悲苦可怕的慘霧愁雲籠罩。我說過，這孩子在身形與智力上都發展奇特。真的，她長得奇快，但可怕的是，噢！我看著她心智發展之時，腦中就充滿亂七八糟的可怕念頭。我每天都會在這孩子的想法中，發現成年人的本事跟莫蕾拉的能力，這不是可

---

7 帕埃斯圖姆（Paestum），古希臘的移民城市。

8 特歐斯人（Teian），古代伊奧尼亞（今土耳其西南部）的特歐斯城居民。

怕是什麼？嬰孩的嘴裡流利說出經驗之談，這不是可怕是什麼？我時時發現她那思緒重重的圓滾雙眼中，流露出成熟的智慧與激情，這不是可怕是什麼？當我驚恐地察覺這一切如此明白，而且內心不但無法掩藏事實，也無法在知覺上擺脫這明顯的事實，無怪乎，出於害怕與激動，我會不知不覺心生疑慮，或者淨回想已故莫蕾拉的那些離奇故事與理論，這不是可怕是什麼？我遍尋世界，抓到了一個命運迫使我要愛的人，而我足不出戶，極為焦慮地觀察著與她有關的一切。

隨著一年一年過去，我日復一日地專注觀察著她那張聖潔、柔和、表情豐富的臉。而且，每天每天，我都發現她日益成熟的身體，又出現與母親相像之處。這些相似，如同暗影，隨時越變越黑，越來越完整、清晰、令人費解，而且，外觀上越來越讓人厭惡與害怕。我能接受她的笑容與母親相似，但兩者一模一樣，就令我不寒而慄。我能忍受她的雙眼與莫蕾拉的雙眸相似，但她看我的眼神往往也像莫蕾拉一樣，敏銳又教人難以理解，好像能洞悉我的靈魂深處。相似的還有她寬大天庭的輪廓，光潔柔軟的捲髮，撥髮的蒼白手指，以及說話時悲傷而動聽的語調。最重要的是，噢！最重要的是我這活生生摯愛女兒的嘴裡，卻吐出死絕母親會用的字眼與表達方式。這一切，都助長了吞噬著我的恐懼，讓我止不住地一直想，無窮無盡。

就這樣過了十年，我的女兒在人世間還是沒有名字。而父親通常都會用「我的孩子」和「我親愛的」來稱呼小孩。此外，她生活上與世隔絕，完全沒對外交流。莫蕾拉的名字，隨著她一起死去了。我未曾和女兒提及她的母親。不可能談的。真的，在這短短的十年歲月裡，除了這隱居處可能提供的有限知識外，她對外面的世界毫無概念。然而，惶恐不安的我，終於有了舉行洗禮的念頭。我以為這麼做，就能從命運的恐懼之中，獲得救贖。在洗禮池邊，我不知道決定哪個名字才好。我想脫口說出的名字好多：有貌美慧黠的，宜古宜今的，祖國人與外國人用的名字，還有許多高貴、快樂、良善之人的名字。照這麼說，我又怎會想起死去的人？是什麼魔鬼慫恿我發出那個聲音，光是那個發音的記憶，往往就會讓太陽穴流到心臟的汩汩血流消退。在這昏暗的側廊，一片無聲的夜晚裡，是什麼惡魔從我靈魂深處開口，讓我對著神父低聲發出了那一個個音節——莫蕾拉？更邪的是，我一用幾乎聽不見的聲音說出那個名字，孩子便立刻五官抽搐，目光呆滯，面如死灰，雙眼直愣愣向上翻，然後臉朝下地倒在祖傳地窖的黑石地板上，應聲回答：「在！」

她那簡單的回應，不帶感情，平平靜靜，清清楚楚地傳入我耳裡，就像熔化的鉛，嘶嘶作響地灌入我的大腦。儘管事隔多年，但那段時日的記憶，卻從未消逝。我也不是真的對情愛無知，只不過被蒙蔽了而已。時間也好，地點也罷，對我都不再有意義。我天上的命運之星，黯淡了下來，大地因此蒙上黑暗。世上的人猶如掠過我跟前的暗影，在他們之中，我只看到一個人——莫蕾拉。空中的風對我低語，海上的波浪也不斷低吟，它們只發出一個聲音——莫蕾拉。可是她死了，是我親手埋的。當我要把第二個莫蕾拉放進墓穴時，卻沒有看見第一個莫蕾拉的半點蹤跡，我痛苦地大笑，久久不能自已。

輯四

# 錯亂與瘋狂

*Disorder and Madness*

# 塔爾博士和費瑟教授的療法

## The System of Doctor Tarr and Professor Fether[1]

一八××年秋天，旅途行經南法邊境各省的我，來到了距離某座療養院或私立瘋人院不到幾公里的地方。在巴黎時，我就時常聽醫界友人提及此一院所。由於我從未造訪這種地方，所以覺得要好好把握此一良機才行。於是，我向我的旅伴（幾天前偶然結識的某位先生）提議繞路，花個一小時左右，參觀那間機構。他先以倉促為由，接著又說常人見到瘋子都會心生恐懼，拒絕我的提議。不過，他倒是懇切地要我別只為了顧及禮貌，而無法滿足自己的好奇

1　此處作者玩弄了雙關語的手法，Tarr（塔爾）與tar（焦油）同音，而Fether（費瑟）與feather（羽毛）同音。在人的身上塗焦油、黏羽毛，是嚴厲的懲罰，同時也是公開羞辱的行為。

心，還說他會放慢腳步繼續行程。這麼一來，我當天或許就能趕上他。就算當天不行，再怎麼樣隔天也追得上才是。道別之時，我想到自己說不定難以獲准入內，於是向他提出這個顧慮。他說，由於這些私立瘋人院的規定比公立醫院還嚴格，所以，事實上，除非我認識負責人梅亞爾先生，或備有某種書面形式的資格證明，否則可能就會有困難。他還說自己幾年前結識了梅亞爾，而他願意隨同我到門口，替我引見。但是，他能做的僅只於此。礙於他對精神錯亂議題的個人觀感，他不想進去。

我謝過他。接著，我倆離開大路，轉進一條雜草叢生的小路。走了半小時之後，進入山腳下的濃密森林，幾乎與外隔絕。我們策馬在這座潮溼又陰暗的森林中，走了三公里左右的路，療養院便現身眼前。那是一座古怪的莊園式建築，破破爛爛，看來年久失修，實在不宜居住。一點也不假，那外觀讓我的恐懼油然而生，停住馬的我，猶豫著想打退堂鼓掉頭離開。只是，這念頭才出現一會兒，我就為自己的軟弱感到羞愧，繼續前行。

我們來到入口處時，我發現微微半掩的大門裡，有張人臉仔細打量著我們。不一會兒，那人走了出來，直呼我旅伴的名字，不但上前寒暄，還親切地與他握手，請他下馬。那人就是梅亞爾先生。他是個身形福態、相貌堂堂的老派紳士，儀表翩翩，還有種高尚、權威，又莊重的氣質，讓人印象深刻。

我的朋友將我介紹給梅亞爾先生，還提到我非常希望能好好看看這家機構。梅亞爾先生則向他保證，會盡全地主之誼。就這樣，我的朋友便告辭離去。

他走後，這位負責人領著我，走進一間非常整潔的會客廳。從內部陳設看來，品味文雅，有許多書籍、畫作、花卉盆景，還有樂器等等。壁爐上燒著火，讓人看了就心情愉悅。鋼琴前坐著一位非常美麗的年輕女士，彈唱著作曲家貝里尼的詠嘆調，我一進到裡面，她便停了下來，優雅有禮地接待我。她的聲音低沉，行止乖順。我還覺得她的面容給我一種哀傷感，她那張臉，極度蒼白，只不過在我看來，並不讓人討厭就是了。她穿著一襲全黑的喪服，我的心，湧上一股夾雜了尊敬、好奇，以及欽慕的感受。

我在巴黎時就曾聽說，梅亞爾先生的這間機構，以俗稱的「安撫療法」管理。也就是說，他們撤銷了一切的懲罰，甚至還很少訴諸監禁。雖然會暗中監視病人，但病人擁有許多表面上的自由，也可以穿得跟心智正常的人一樣，在屋裡屋外漫步。

我心裡牢記著這些模糊的概念，在這位年輕女士面前，不敢胡亂說話。因為，我無從確認她是否神志正常。事實上，她的雙眼透露著某種焦躁感，多少讓我以為她頭腦不正常。有鑑於此，我只聊一般的話題，因為我認為這類話題不會惹惱或刺激對方，就算是瘋子也一樣。對我說的話，她都以完全理性的方式應答，我甚至可以從她獨到的見解中，看出她的理智健全無虞。話說回來，按照我長久以來對瘋狂的抽象理論的了解，這類神智正常的證據，並不全然可信。所以，與她會談時，我從頭到尾都維持著一開始的謹慎態度。

沒多久，一名身穿男僕制服的瀟灑男僕，送進來盛有水果、葡萄酒，以及點心的托盤，被我吃得一乾二淨。而那名女士，隨後便離開了會客廳。她走後，我目光一轉，看向主人，一副想問清究理的樣子。

「不是的。」他說道，「噢，不是的。她是我的家人，我的侄女，還是位很有教養的女子。」

「請務必原諒我的疑心。」我回答，「不過，你對這種情況當然不會陌生。你這裡的事務管理傑出，在巴黎，知道的人也很多。我以為搞不好……你知道的——」

「當然，當然，你無須多言。不如說，我自己才應該謝謝你維持審慎的態度，讓人欽佩。像你如此深謀遠慮的年輕人，並不常見。再說了，我們不只一次因為訪客有欠考慮，導致不愉快的意外憾事。我實施之前的療法時，病人還享有來回自由漫步的特權。當時，思慮不慎的訪客，常常激得他們陷入瘋狂，造成危險。因此，我才不得已實施嚴格的隔絕療法。只要我信不過對方的判斷力，就不會允許他們進入我的機構。」

「你實施之前的療法時！」我重複了他的話，「這麼說來，你的意思是指，如今已經不再實行我聽聞甚多的『安撫療法』了？」

「幾個禮拜以前，我們就已經決定永遠中止那個療法了。」他答道。

「真的啊！你讓我太意外了！」

「先生，」他嘆了口氣說，「我們覺得恢復舊有的慣例，是絕對必要的。我們一直都過分高估了安撫療法的好處，但那種療法的危險，無時無刻不教人吊膽提心。先生，我相信，如果真的有哪家機構公正地試驗過這個療法，那就非我們這家療養院莫屬了。只要是理性的人想得到的建議做法，我們都試過。很遺憾，你沒能早些來訪，不然的話，你就有機會自己親眼判斷真假好壞。話說回來，我想你對安撫療法應該很熟悉吧——你應該深諳其中的細節。」

「也不全然。我聽說的都是轉述再轉述的內容。」

「這麼一來，我可以說，整體而言，安撫療法就是遷就病人的療法。無論瘋人的腦子裡產生什麼幻想，我們都不加以否定。反過來，我們不只任其沉迷其中，甚至還鼓勵他們這麼做。我們有許多成效最持久的治療，就是透過這種方法實現的。想要動搖瘋人那站不住腳的理性，最好的方式，就是歸謬論證了。例如，我們有以為自己是雞的病人。治療他們的方法，就是堅決主張那是事實，然後指責他們竟笨到沒有充分察覺自己的幻想，其實就是事實。因此，除了雞吃的東西之外，我們一整個禮拜不給他們其他食物。這麼一來，靠著一些穀物和砂礫，就有神效。」

「難道就只靠順勢屈從，如此而已？」

「一點也不。我們深信簡單娛樂活動的療效，例如：音樂、舞蹈、體操運動、紙牌、某類書籍等等。治療每位病人時，我們都假裝好像在治療某種尋常的身體疾病，絕口不用『精神失常』這個字眼。重點之一，就是讓每個瘋人監視其他所有瘋人的舉動。相信瘋人的判斷力或理解力，就會讓他徹底臣服。這麼一來，我們就用不著許多所費不貲的看守人員。」

「而且當時你們什麼懲罰方式也不用？」

「完全不用。」

「還絕不監禁你們的病人？」

「幾乎沒有。有時碰到病人的病情加劇，嚴重危急，或是突然間發狂暴怒，我們會把他運送到祕密病房，以免他的病影響其他人。我們會留他在那裡一段時間，等到可以讓他回到友人懷抱為止。因為，我們不想跟這種狂暴的瘋人有所牽扯。通常他會被轉到公立醫院。」

「而如今你把這一切全改了。你認為這樣比較好嗎？」

「顯然如此。這種療法有缺點，甚至有危險。所幸，現在法國所有的療養院，都推翻這種療法了。」

「對你告訴我的這一切，我實在感到意外。」我說，「因為我很肯定，針對精神失常，法國目前沒有任何一個地方，有其他的治療方法。」

「我的朋友，你還年輕。」我的東道主答道，「不過，總有一天，你會學會自己評判這世界發生的事，不用聽信別人說三道四。聽說的事，通通不可信，連眼見的事，也都要半信半疑。講到我的療養院，顯然，你被某些無知的傢伙誤導了。不過，吃完晚餐，等你從旅途的勞頓中恢復得差不多了，我很樂意帶你參觀參觀，向你介紹一種到目前為止最奏效的療法。不只是我這麼認為，凡是親眼目睹這療法效用的人，也都一致同意。」

「是你自己的方法嗎？是你自己的發明？」我詢問。

「我很自豪地承認，這的確是我的發明——至少某種程度上是。」他回答。

我就這樣和梅亞爾先生聊了一、兩個小時，期間他還帶我參觀他們的花園和溫室。

「我不能讓你見我的病人。」他說道，「只是現在不行而已。敏感的人一定多多少少會厭惡自己遭人展示參觀。我也不想壞了你晚餐的胃口。我們好好吃頓飯吧。我可以為你送上梅納胡伊小牛肉，佐白醬花椰菜，再來一杯梧玖園葡萄酒。這麼一來你的心神就會夠穩定了。」

六點整，晚餐宣布開飯。我的東道主帶我走進一間聚集了許多人的大飯廳，總共有二十五或三十人左右。看起來，他們是有身分的人，肯定都出身上流家庭。只不過，在我看來，他們服裝奢華，多少有賣弄舊宮廷式華服的感覺。我發現這些客人至少有三分之二是女士。其中部分女士的裝扮，肯定不是現今巴黎人眼中的好品味。例如，許多年紀少說也有七十歲的女士，身上雖然配戴了戒指、手鐲與耳環之類的大量珠寶，卻不像樣地坦露胸臂。我還注意到，她們的服裝，絕大多數做工都不怎麼樣。或者說，起碼沒幾件衣服是合身的。四處張望時，我發現了梅亞爾先生在會客廳介紹我認識的那位有趣女孩。不過，讓我大感意外的是，她竟穿著裙撐，搭配一雙高跟鞋，還戴了一頂對她來說根本過大、而且髒兮兮的花邊蕾絲帽。對比之下，她的臉看來小得可笑。我第一次見到她時，她穿著相當合身的全黑喪服啊！簡而言之，這群人的服裝有種古怪感，因為這樣的緣故，我先是再次想起自己原本對「安撫療法」的認知，以為梅亞爾先生故意不在晚餐結束前告訴我實情，以免我用餐時發現自己跟瘋人吃飯，可能會不自在。但是，我想起在巴黎時聽人說過，南方的鄉巴佬，特別與眾不同，觀念過時的例子多得很。不過，一跟其中幾個人聊天之後，我的疑慮就馬上完全消除了。

話說，這間飯廳，或許舒適寬敞有餘，但卻雅緻不足。地板沒鋪地毯就是一例。只不過，在法國，也常有人不用地毯就是了。窗戶也沒窗簾。窗戶上的活動百葉遮版緊閉，再用兩條對角擺的鐵條釘牢，就像我們一般店家的做法。我發覺，這間飯廳本身是這座莊園式建築的側廳，因此，窗戶開在這個平行四邊形房間的三面牆上，門則開在另一面牆。至於窗戶的數量，少說也有十扇。

餐桌布置得極好。桌面上擺滿了盤子，佳餚更是堆得滿溢。那食物之豐盛，已經是完全不知節制的地步。肉品就多到足以餵飽亞衲人[2]。我活到現在，從來沒見識過有人這麼毫無節制、如此浪費地把錢花享受生命中的美好事物。可是，陳列方式卻幾乎沒有品味可言。我那習慣柔和光線的雙眼，慘遭桌上銀製燭台的一堆蠟燭照得極不舒服。而且，不只桌上，只要是飯廳裡能擺蠟燭的地方，通通都是蠟燭。隨侍在側的僕人有好幾個。此外，房間最遠處的大桌上，坐了七、八個樂手，拉奏提琴、吹奏橫笛與長號，還有打鼓。這些傢伙在我們用餐期間，時不時發出各種聲音，沒完沒了，我覺得好吵。看來，這些被他們當成音樂的噪音，娛樂了在場的所有人，除了我之外。

大體上，我禁不住覺得眼前的一切都很古怪。不過，這個世界本來就由形形色色的人、各式各樣的思維方式，還有成千上百的傳統習俗組成。我自己也遊歷過那麼多地方，算是見怪不怪的箇中高手了。所以，坐在東道主右側的我，神態相當自若，而且胃口奇佳，毫不辜負眼前一桌好菜。

用餐時，大家天南地北、有說有笑地聊著天。女士們照例話很多。我很快

2 亞衲人（Anakim），《舊約聖經》中記載，在以色列人進迦南前，散居在約旦河兩岸的一支巨人族。

就發現，幾乎所有的人都受過良好的教育。我的東道主自己就有許多趣聞軼事。作為一家療養院負責人，他似乎很喜歡談自己的工作職務，還有，所有在場的人士，都最愛聊精神失常，這點實在教我意外。眾人說了許多相當耐人尋味的故事，都跟精神病人的奇思異想有關。

「我們這裡曾經有個傢伙，」坐我右手邊的矮胖先生說，「以為自己是個茶壺。還有，順帶說一下，這個奇怪想法常常在瘋人的腦袋出現。這豈不特別值得注意？所有的法國瘋人院裡，幾乎都有一號這樣的茶壺人。我們的這位先生，是一個錫鉛合金的茶壺。每天早晨，他都要細心地用鹿皮和碳酸鈣粉擦亮自己。」

「還有啊，」正對面的高個男說道，「不久前，我們這裡有位認為自己是頭驢子的仁兄。用諷喻法來說的話，他還真像頭倔驢。他是很麻煩的病人，我們煞費苦心才用盡力氣讓他乖乖的。有好一段時間，他都只願意吃薊草。不過，等我們堅持其他食物都不給他吃之後，很快就導正了他這種念頭。後來啊，後來他腳後跟又不斷往後踢啊踢……」

「德科克先生！你注意舉止啊，謝謝！」這下他旁邊的年長女士打岔了。「請把你自己的腳收好！你弄髒我的錦緞啦！請問一下，說就說，有必要實際表演出來嗎？你不用這麼做，我們的朋友也一定能理解你的意思。唉唷，你跟以為自己是驢子的可憐傢伙一樣像隻驢子。你的表演真是自然天成，跟我過生活的方式一樣。」

「實在太抱歉啦！小姑娘！」德科克先生這麼稱呼她，「請原諒我！我無意冒犯。拉普拉斯小姐，德科克先生給自己賞個臉，和妳舉杯把盞。」

這會兒，德科克先生深深一鞠躬，非常正式地親了自己的手，然後與拉普拉斯小姐舉杯喝酒。

「我的朋友。」此時梅亞爾先生這麼稱呼我，「請允許我送上一小塊梅納胡伊小牛肉給你，你會覺得它特別美味。」

說時遲，那時快，三名健壯的侍者，送來一個巨大的盤子，或者說大木盤，安放桌上。在我看來，裡面裝的就像「一隻可怕猙獰、巨大無比的瞎眼怪物」。不過，仔細一瞧後，那是隻跪在大盤上的烤小牛，嘴裡還塞了顆蘋果，就跟英國的烤兔子一樣。

「謝謝你，不用了。」我如此答腔，「說實話，我不特別喜歡那個叫、叫什麼來著的小牛肉，因為我覺得自己吃不服。不過我願意換個盤子，試試兔肉。」

桌上有好幾種配菜，裡面的東西看起來好像一般的法式兔肉。那可是非常美味的小吃，我可以推薦。

「皮耶！」東道主喊了一聲，「換掉這位先生的盤子，切下這貓兔肉[3]邊邊一塊給他。」

「什麼肉？」我問。

「貓兔肉。」

「哎呀，謝謝。我考慮一下，還是不要了。我自己弄點火腿吃。」

我心裡想著，沒人知道這些鄉巴佬餐桌上的盤中飧是什麼。我才不要吃他們的貓兔肉，就算是他們的兔貓肉我也不要吃。

「還有啊，」坐在餐桌最遠處、一臉憔悴慘白的人物，接續方才的話題說，「還有啊，除了其他的怪人之外，我們曾有個病人，堅持自己是塊科爾多乳酪，頑固得很。他手裡老是拿把刀，想辦法誘騙他的朋友試吃他腿上的一小片肉。」

「毫無疑問，他是個大蠢蛋。」有人插話說，「可是，他也只比眼前這位陌生男士還蠢，要是跟我們大家認識的怪人一比，真是小巫見大巫。我說的是把自己當成香檳，老是發出開瓶聲和氣泡飲料嘶嘶聲的人物，像這樣。」

這會兒，他說著說著，用在我看來非常粗魯的方式，把自己右手的大拇指放進嘴巴左邊再抽出來，發出猶如瓶塞「砰」一聲打開的聲音，接著又靈巧地用舌頭在牙齒上，活靈活現地模仿香檳起泡時的嘶嘶聲，持續好幾分鐘。我清楚地看出梅亞爾先生對此舉相當不悅。不過，那位仁兄什麼也沒說。然後，有個頭上戴了頂大假髮的精瘦矮個男，接著繼續聊。

3 原文為法文 rabbit au-chat，英文直譯為「rabbit with cat」。從前有餐廳會以貓肉充兔肉騙顧客吃，因此有了這樣的典故。

「還有哪，有個草包，」他說，「誤以為自己是隻青蛙。順便提一下，他還真像。先生，真希望你能親眼瞧瞧他。」他對著我說，「你若看他表演時的自然神態，會覺得非常開心哪。先生，如果那個人不是一隻青蛙，我只能說，真是可惜了。他像這樣發出的『呱呱呱——呱呱呱！』叫聲真是全世界最優雅的調了——降B調。而且，他要是一、兩杯酒下肚後，把手肘像這樣放桌上，再像這樣把嘴鼓起來，然後像這樣翻白眼，接著像這樣飛快地眨動。哎呀，先生，就算沒人說，我也必須肯定地講，你會對此人的才華讚嘆不已啊。」

「你說得準沒錯。」我說道。

「還有啊，」另一個人說，「還有珀蒂．蓋亞訶[4]，以為自己是一撮鼻煙，還因為自己無法用大拇指和另一個指頭把自己捏起來，非常痛苦。」

「還有朱勒．德蘇利埃也真是個奇葩，想當個南瓜想瘋了。他一直為難廚師把他做成南瓜派，廚師憤而拒絕這種事情。要我說啊，我絕對相信德蘇利埃南瓜派一定是非常棒的食物！」

「你嚇到我啦！」我邊說，邊向梅亞爾先生抱以打探的眼神。

「哈！哈！哈！」梅亞爾先生大笑道，「嘻！嘻！嘻！嗤！嗤！嗤！呵！呵！呵！呼！呼！呼——說得好！你千萬別嚇到啊，我的朋友。我們這位仁兄說話幽默風趣，一個怪咖，你萬萬不要照單全收地理解他的話。」

「還有啊，」大伙中的另一個人說，「還有後來有位布坊．勒格弘[5]，又是一位特立獨行的奇人異士。他被愛情搞到瘋了，認為自己長有兩顆頭。他堅稱其中一顆是西塞羅[6]的頭，另一顆他認為是合成出來的頭——前額髮際線到嘴巴是屬於狄摩西尼[7]的，從嘴巴到下巴則屬於布魯厄姆勛爵[8]的。雖然他有可能是錯的，不過，他會讓你相信他說得沒錯，因為他非常善於雄辯。他對演說技巧抱持著極度熱忱，而且會忍不住炫耀。例如他以前就常常像這樣跳上餐桌，然後——然後——」

4 原文是Petit Gaillard，這個名字照字面翻的意思是，小個子的大勇者。
5 原文是Bouffon Le Grand，這個名字照字面翻的意思是，逗人開心的大弄臣。
6 西塞羅（Cicero，106-43 B.C.），古羅馬政治家。
7 狄摩西尼（Demosthene，384-322 B.C.），古希臘演說家。
8 布魯厄姆勛爵（Lord Brougham，1778-1868），英國政治家，曾任殖民地總督。漢名羅亨利。

這時坐他旁邊的一位仁兄一把按住他的肩膀，在他耳邊小小聲地說了點什麼，他突然住嘴，慢慢放鬆，坐回椅子上。

「還有哪，」剛剛小聲耳語的這位仁兄說，「還有布拉爾，手轉陀螺男。我之所以稱他為手轉陀螺，是因為，事實上，他堅信自己變成一顆手轉陀螺。這個念頭雖然可笑，卻也不完全荒唐。你要是看見他旋轉，肯定都會放聲大笑啊。他可以單腳旋轉一個小時，就像這樣——這樣——」

這會兒，剛剛被他小聲打斷的那位仁兄，也用同樣的方式打斷了他的行為。

「不過，這麼說來，」一位年長的女士扯著嗓門大聲說道，「你那位布拉爾先生是個瘋子，充其量還是個很蠢的瘋子。因為呢，我問你啊，難道有人聽過人型手轉陀螺嗎？這太荒謬了。你們知道的，遮瓦約斯夫人[9]就比較明事理了。雖然她也念頭古怪，不過那是帶有常識的直覺，還會為有幸認識她的每個人，帶來歡樂。她呢，深思熟慮後，才明白自己被人意外變成了一隻年輕的公雞。話說回來，即使這樣，她還是舉止得體。她振起翅來，不同凡響。這樣——就像這樣——還有，說起她的啼叫聲，那可真是有意思啊！喔喔喔——喔喔——喔喔喔——喔——喔——喔！」

「遮瓦約斯夫人，妳注意舉止啊，謝謝！」這下我們大家的主人相當生氣地打斷了這叫聲。「妳可以表現得像個淑女，也可以馬上離開餐桌，妳自己選。」

這名女士（聽完她方才對遮瓦約斯夫人的描述後，聽到人家稱她為遮瓦約斯夫人，我嚇了好大一跳）漲紅著臉，一副對指責感到極其無地自容的模樣。她垂下頭，一聲也沒吭。倒是另一位年輕女士，接著這個主題繼續聊，就是我在小會客廳見過的那位漂亮女生。

「噢，遮瓦約斯夫人是傻瓜啦！」她激動地嚷嚷，「不過，說到底，鄔貞妮·薩爾沙菲的主張就真的是理智萬全。她是個非常漂亮又羞赧到不行的年輕女士，在她看來，尋常的衣著方式有失體統，她不要把自己穿進衣服裡，而是

9 原文是Madame Joyeuse，這個名字照字面翻的意思是，讓人高興的夫人。

時時都想把自己穿在衣服外。說到底，這很簡單。你只要這樣——然後再這樣——這樣——這樣——然後再這樣——這樣——這樣——然後——」

「我的老天！薩爾沙菲小姐！」十幾個人同聲驚呼。「妳要做什麼？克制妳自己啊！那樣就很夠了！我們很清楚要怎麼把自己穿在衣服外！忍住！忍住！」同時，好幾個人已經從座位上跳起來，要阻止薩爾沙菲小姐把自己扮成梅迪奇家族收攬的維納斯雕像。就在這迅雷不及掩耳之際，這棟莊園建築的主建物某處，傳來連續起落的大聲尖叫聲，或者說吼聲，突然非常有效地讓她停了下來。

雖然這些吼叫聲的確讓我焦躁難安，但我真的很同情其他的人。我這輩子從來沒見過一群理智的人驚恐到如此嚴重的地步。他們人人臉色猶如死屍般蒼白，瑟縮在椅子上，嚇到渾身打顫，滿嘴胡言，仔細聽著那叫聲有無重複。吼叫聲又傳來了。這回更大聲，而且好像距離更近。接著又傳來第三次，一樣非常大聲，然後第四聲，顯然不似之前那般有力。那吼叫聲一明顯減弱，這群人馬上恢復活力，大家又像剛剛一樣元氣滿滿，大談趣聞軼事。這下，我斗膽詢問造成騷動的原因為何。

「不是什麼要緊事。」梅亞爾先生說，「這種事我們都習以為常，也真的毫不在意。瘋人時不時會你應我和地集體嚎叫。有人起頭，另一人就跟著叫，就像晚上狗群有時也會這樣。儘管如此，偶爾這種應和的吼叫聲，也會造成有人想脫逃，當然啦，我們會把這些小小威脅逮回來。」

「你現在管理多少病人？」

「目前全部加起來不超過十個。」

「我想，主要為女性囉？」

「噢，不是。我可以告訴你，他們每個都是男人，而且都是粗壯的漢子。」

「此話當真！我向來以為大部分的瘋人是女性。」

「一般而言是這樣沒錯，但也不一定。不久前，這裡有二十七名病人。其中至少有十八位是女性。不過，你也看到了，最近情況變化很大。」

「對——你也看到了，變化很大。」此時剛才弄破拉普拉斯小姐小腿上錦緞的先生插嘴說。

「對——你也看到了，變化很大。」大家齊聲說道。

「住嘴，統統住嘴！」我的東道主暴怒地說。這會兒，所有的人都靜悄悄的，長達一分鐘左右。有這麼一名女士，照單全收地遵照梅亞爾先生的命令，伸出自己好長好長的舌頭，乖乖地用兩隻手抓住[10]，直到晚餐結束為止。

「這位淑女，」我彎下身子，壓低聲量對著梅亞爾先生說，「我想，這位方才發言而且又學公雞喔喔叫的夫人，她沒有惡意，對人無害，是吧？」

「對人無害！」梅亞爾先生被我這麼一問真的嚇了一跳，失聲說：「當然啊！咦，你這是什麼意思？」

「只是輕度受損？」我邊說邊輕碰了自己的頭。「想必，她的腦子傷得算重吧？」

「我的老天！你在想什麼！這位女士，我的老友遮瓦約斯夫人，跟我一樣神志完全正常。當然，她自己有些小小古怪行為。但話說回來，你也知道，所有年紀大的女人，所有很老的女士，或多或少都有點古怪啊！」

「當然，當然。」我說，「那麼，其他的女士和先生們……」

「都是我的朋友和看守人員。」梅亞爾先生打斷我的話，傲慢得意地挺直身子說，「都是我非常好的朋友和助手。」

「什麼！他們全部都是？」我問，「包含那些女人？」

「一點也沒錯。」他說，「沒有女人的話，我們什麼也做不了。她們是世界上最好的精神病護士。你知道的，她們自有一套方法。她們的明眸有股魔力。你知道的，就像蛇的魅惑能力那樣。」

「當然，」我說道，「是這樣沒錯！但她們的行為有點古怪，是吧？她們有些神經不正常，對吧？你不覺得嗎？」

「古怪！神經不正常！哎呀，你當真這麼覺得嗎？沒錯，我們南方人不是那麼過分拘謹，而是想做什麼就做什麼。我們享受生活還有那一類的事，你知道的——」

---

10 此段「住嘴」一詞的原文為hold your tongue，字面意思為抓住你的舌頭。

「當然，當然啦。」我說。

「再說了，搞不好這伏涅沃葡萄酒有點猛。你知道的——有點烈，你懂的，嗯？」

「當然，當然啦。」我說，「我順便提一下，先生，我沒搞錯的話，你說你拋棄了著名的安撫療法，採用一種非常嚴格的療法？」

「一點也不。我們的幽禁方式雖然不得不與安撫療法很像，不過，治療方法——我指的是醫療方法，卻更適合病人。」

「而這套新療法是你自己的發明？」

「不完全是。其中一部分跟塔爾教授有關，這人你一定聽說過。還有，我也樂意承認，在我自己的療法裡，有些修改的部分來自於著名的費瑟。若我沒弄錯的話，你有幸跟他是老相識。」

「真是不好意思。」我答道，「坦白說，這兩位先生的大名我都沒聽過。」

「天哪！」我的東道主放聲一呼，高舉雙手，猛地往椅背上一靠。「我肯定聽錯了吧！你該不會是想說，你沒聽說過學識淵博的塔爾博士，也沒聽說過遠近馳名的費瑟教授？是這樣嗎？」

「我不得不承認自己愚昧無知。」我回答，「不過，最重要的是這並無損於事實。然而，不認識這兩位想必是偉人的研究，我覺得真是奇恥大辱。我會馬上去找他們的著作，好好細讀。梅亞爾先生，你真的——我必須承認——你真的，讓我無地自容！」

這是實話。

「別說了，我善良的年輕朋友。」他一面緊握我的手，一面親切地說，「現在跟我喝一杯蘇玳葡萄酒吧。」

我們喝了酒。大夥看著我們，也有樣學樣，無節制地喝起酒。他們大聊特聊，嘻笑戲謔。他們放聲大笑，瞎講了無數則荒唐軼事。細尖的提琴聲、嘈雜的鼓聲，還有長號那猶如暴君法拉里斯的銅牛刑具發出的低吼聲，整個現場情況變得越來越糟糕，隨著酒意占上風，最後成了某種祕密的混亂集會。期間，幾瓶蘇玳和伏涅沃葡萄酒下肚的梅亞爾先生和我，用力扯著嗓門繼續交談。但那時，用一般聲調說出的話，就跟尼加拉瀑布下方的魚躍聲差不多，根本不可能聽得見。

「先生，」我對著他的耳朵大聲嚷道，「你晚餐前提到舊的安撫療法會帶來某種危險。那是怎麼回事？」

「沒錯。」他回答，「的確偶爾會有極大的危險。瘋人的奇思異想是沒辦法解釋的。在我看來——而且塔爾博士和費瑟爾教授也這麼認為，允許他們不受看管自由行動，絕對不安全。瘋子也許暫時可以遭到所謂的『安撫』，只不過，到頭來他們會非常容易變得難以制馭。還有，他們出了名的非常狡詐。如果他們計畫好要做什麼，就會用教人嘆為觀止的才智，隱藏自己的盤算。而他們假裝精神正常的那種聰明，是精神療法家在研究心理時，要面對的其中一種最奇特的問題。真的，瘋人看起來完全正常的時候，就是要立刻讓他穿上拘束衣的時候。」

「儘管如此，我的好先生啊，你提到的那種危險，在你自己的經驗裡，也就是你管理這座療養院期間，是否有什麼實際的理由讓你認為，就瘋子來說，自由是有害的？」

「你說這兒？以我自己的經驗？哎呀，我會說，當然有實際理由啊。例如：不久前，我們這間療養院就發生過奇特的情況。你知道的，當時實施『安撫療法』，病人都能自由行動。他們當時表現出奇地好，格外地好，好到任何頭腦清楚的人都能明白，單單這些傢伙表現如此之好這件事，就醞釀著某種邪惡陰謀。果不其然，某個美好的早晨，看守人員發現自己被篡奪了看守人員室的瘋子綁住手腳，關進監禁病房，當成瘋子般照管。」

「真的假的！我這輩子從沒聽過這麼荒唐的事！」

「千真萬確。這一切是借助某個愚蠢的傢伙才會發生的。那個瘋子，不知怎麼想出一套計畫，覺得自己發明了比大家聽聞過的所有療法，還更好的管理制度，我是說，管理瘋人的制度。我猜他八成想試試自己的發明，所以就說服其他病人加入他這場推翻當權者的陰謀。」

「他真的成功了嗎？」

「不必懷疑。看守與被看守的人很快易位了。也不完全對啦。因為，病人本來就沒有受到監管，但這下看守人員卻馬上被關進監禁病房裡。而且，雖然這樣說我很遺憾，他們還遭到相當輕率的對待。」

「可是我想，包管很快就會有人出來打擊造反了吧。這種事情不可能長久的。附近的鄉下人，還有來參觀這間機構的人，會發警報吧。」

「這你就錯啦。造反的頭頭太狡詐了。他完全謝絕訪客，除了某天來的一位年輕人例外。對方看起來非常蠢笨，他根本無須擔心。他讓對方進來看看這個地方，只不過是想換點花樣而已，想拿他取樂。他一騙夠對方之後，就會放他出去，把他打發走。」

「那，這些瘋子統治了多久？」

「噢，很長一段時間哪。真的，肯定有一個月，但我無法確切地說多久。那段期間，瘋人每天像過耶誕一樣快樂，這點我可以跟你掛保證。他們脫掉自己破爛的衣服，不受限制地穿戴居家服飾。這座莊園式建築的地窖存放了充足的葡萄酒，而瘋子正好懂得怎麼無所顧忌地喝酒。我可以告訴你，他們過得可好了。」

「那，治療呢？造反的頭頭改而實施的特殊療法是什麼？」

「哎呀，至於那個嘛，我已經說過，瘋人不一定是傻子。我真心認為他的療法比原先的療法好得多。那實在是極好的療法，執行容易，棒透了，一點都不麻煩。事實上，這療法很絕妙……」

此時另一陣連續的吼叫聲，打斷了我的東道主的言論，跟先前讓大家驚慌失措的大叫聲聽來很像。只不過，這次的叫聲，好像來自快速朝我們走來的人。

「我的老天！」我放聲大喊，「一定是瘋子逃出來啦。」

「恐怕真是如此……」這會兒，面容一臉慘白的梅亞爾先生答道。他話都還沒說完，我們就聽到窗戶底下傳來大聲的吼叫與咒罵聲。緊接著，可以明顯曉得外面有些人正想辦法要進入飯廳。好像有人用長柄大錘在撞門，而且有人用蠻力在搖動窗上的活動百葉，把它們扭彎。

接著，眼前出現了最可怕的混亂場景。最教我無比驚愕的是，梅亞爾先生竟鑽到了餐具櫃底下。我原本還指望他能意志堅定一些。最後十五分鐘因為太醉而沒有好好演奏的樂隊成員，如今全都立刻抓起自己的樂器起身，在演奏台上一陣慌亂。他們突然齊聲一致地演奏〈洋基歌〉[11]。就算他們演奏得不完全合拍，最起碼，在整場騷動期間，還是表演出超乎常人的活力。

此時，之前努力忍住沒跳上主餐桌的那位先生，終於跳上了滿是酒瓶和酒杯的桌上。他一站穩，就立刻開始發表演說。真的，如果有人聽得見他說的話，那實在是內容非常絕妙的演講。同一時間，那個對手轉陀螺情有獨鍾的人，開始活力滿滿地在飯廳裡旋轉。他展開雙臂與身體成直角，讓自己看起來跟真正的手轉陀螺一模一樣，還把所有擋路的人都撞倒了。還有，我當下還聽到一陣不可思議的香檳開瓶聲與嘶嘶的氣泡聲，到頭來才發現這聲音來自晚餐席間表演過那種瓊漿飲品的男子。接著，那個青蛙男又放聲呱呱叫，好像他的靈魂要靠自己發出的每一個音符，才能獲得救贖一般。混亂之際，持續不斷的驢叫聲，最為突出。至於我那年長的朋友遮瓦約斯夫人，一副極為茫然的模樣，我當時真是替她掬把同情淚。話說回來，她只不過就是站在壁爐旁的角落，不斷聲嘶力竭地大聲啼叫：「喔喔——喔——喔！」

接著高潮來了，也就是這場戲劇性事件的大結局。由於除了吶喊聲、吼叫聲，還有雞啼聲之外，外面那群人的逐步侵入，絲毫沒受到阻礙，因此，很快地，十道窗戶幾乎同時遭到闖入。但我永遠也忘不了，自己當時注視眼前這一幕的那種驚嘆與恐懼之情。從窗外跳進來、衝到我們之間的那群人，亂成一團、大吵大鬧、手抓腳跺、又吼又嗥，我以為根本是一群黑猩猩或紅猩猩，或是好望角的巨型黑狒狒。

我被狂揍了一頓，之後，我便滾到一張沙發底下，一動也不動地躺著，就這樣約莫十五分鐘。期間我豎起耳朵聽著飯廳裡發生的一切，最後，終於理出這場悲劇說得過去的結局。看來，梅亞爾先生對我說著那位煽動病友造反的瘋人故事，只不過是在敘述他自己的輝煌事蹟。這位先生兩、三年前，的確是這家機構的負責人，不過，他自己也瘋了，變成病人。引介我的旅伴對此並不知情。那十名管理人員突然遭到制伏後，先是身上被塗滿焦油，再仔細黏上羽

11 〈洋基歌〉（Yankee Doodle），歌詞的早期版本，是英軍嘲笑北美殖民地居民沒文化、不會打扮。後來經過美國人的演繹，在獨立戰爭期間成為通俗的愛國歌曲。

毛，然後關進地下的監禁病房。他們就這麼被囚禁了一個多月，期間梅亞爾先生不僅慷慨提供他們焦油和羽毛（焦油和羽毛就成了他的「療法」），還大方地給他們一些麵包與充分的水。水是每天用泵浦抽給他們的。最後，他們其中一人從下水道逃了出去，釋放了其他所有人。

儘管這家莊園式療養院，已經恢復實施經過重大修正的「安撫療法」，我卻不得不同意梅亞爾先生，他的「治療」，真是非常絕妙，獨一無二。正如他恰如其分的描述，這療法「執行容易，棒透了，一點都不麻煩，絲毫也不」。

只是我得補充一點：雖然我搜尋了歐洲每一家圖書館，想找塔爾博士和費瑟教授的著作，但時至今日，還是完全白費力氣，一本也沒找到。

# 陷阱與鐘擺
The Pit and the Pendulum

邪惡的行刑者瘋狂地喧鬧不已，
無辜的鮮血還不足以滋養他們。
如今死牢被打破重得興旺順利，
死亡逃向遠方生命又得到安寧。

——四行詩
以巴黎雅各賓俱樂部會館原址所建的市場大門為賦

我很不舒服。在那樣漫長的折磨之下，我都要死了。等他們終於將我鬆綁，允許我坐下時，我覺得自己的五感漸漸消逝。那一字一句清清楚楚的宣判，可怕的死刑宣判，是最後傳進我耳裡的聲音。之後，審訊的各種聲音似乎融為一種悶哼聲，朦朦朧朧，含含糊糊。這聲音傳進我心裡，讓我想到轉輪。或許因為這讓我聯想到，磨坊大水輪運轉的聲音。但也只有一下子而已，不一會兒，我就沒聽見了。這會兒，我暫時看得見了，但景象都被誇大，極為嚇人！我看到黑袍法官的嘴唇。那唇色在我看來是白色的，比我寫字的這張紙更白。而且，他們的嘴唇薄得詭異可怕。從那些薄唇可以看出，他們的表情是多麼堅定、他們的決議多麼不為所動，還有，面對酷刑，他們多麼無動於衷。我看到判決從那些嘴唇脫口而出。那對我來說，就像命運女神的判決。我看到那些嘴唇，隨著法官判人生死的發言，動來動去。我看到那說出我名字的唇形，卻沒有聽到聲音。我不寒而慄。有那麼一會兒，我懷著神志不清的驚懼，看到房裡四周牆上的黑色掛幔，以幾乎難以察覺的方式，輕輕柔柔地飄揚著。接著，我的視線落在桌上的七根長蠟燭上。一開始，它們看起來給人慈愛之感，一個個彷若身形纖長的潔白天使，就要來拯救我。不過，接下來我突然感到一陣極其難受的噁心，身體的每一根肌肉，猶如碰到電線般顫抖。而那些天使的外型，一下子變成不具意義、頭頂烈焰的鬼怪。我明白，它們不會出手相救。這時，一個怪念頭占據我的想像空間——好似音質圓潤的音符——啊，在墓穴安息，一定很香甜吧。這個念頭，輕輕悄悄地出現在我腦裡，感覺上我好像花了很長一段時間才完全領會。只是，內心終於認清這個念頭之時，法官的身影，卻在我面前消失了，彷彿變戲法似的。長長的蠟燭燒盡成灰，焰光止息，隨即一片漆黑。一切的知覺，好像魂魄墮入地獄那樣，似乎在急速墜落之中，通通消失了。接下來，周遭一片寧靜、死寂、黑暗。

我雖然昏厥，但還不至於到知覺全失。我沒有意願解釋、甚至描述自己還剩下哪些知覺，不過，並非一切知覺都喪失就是了。我在沉睡嗎？不！我精神錯亂嗎？也不是！那就是昏厥囉？不是！我死了嗎？不是！即便躺在墓穴裡，也不是所有知覺都喪失殆盡。否則，人就沒有永生了。我們從最深沉的睡眠中醒來之際，便是掙脫了某種夢境的蛛絲網。可是，才醒來那麼一下，（那張蛛絲網或許相當易破）我們卻不記得自己夢到了什麼。人從昏厥中恢復知覺，可分成兩個階段：第一個是思想或心靈知覺的階段，第二個則是身體（也就是存在）知覺的階段。我覺得很有可能，倘若到了第二個階段，我們還能記得第一個階段的感受，應該就會明白，這些感受在這兩種知覺間的記憶裡，是活靈活現的。那麼，這兩種知覺間的存在又是什麼？最起碼，我們該如何區分這跟人死遭埋後的模糊回憶？要是我們花了很長時間，還是無法隨意回想起我所謂第一階段的感受，它們難道不會出其不意地出現？沒有昏厥過的人，就不會在煤火裡看見奇異的宮殿與莫名熟悉的臉孔，也不會在半空中看見很多人可能見不著的悽慘景象。這些人不會深思奇花異草的香味，也不會因為思考從未留意過的樂音節奏，感到困惑迷惘。

我頻頻盡力回憶，認真努力地要想起自己心神陷入虛無狀態的證據，偶爾還自以為成功了。我會非常短暫地想起一些點點滴滴，事後，神志清明時，我很肯定，自己回想起來的內容，只跟所謂無意識的狀態有關。這些模糊的回憶，不清不楚，內容大概是：個子很高的人一語不發地把我架起來往下走，一直往下走，一直往下走，直到這無止盡向下的念頭，讓我嚴重暈眩難止。我還模糊記得當時自己的內心因為異常平靜，所以出現了難以名狀的恐懼。接著，我感到一切突然靜止，彷彿架著我的人（可怕的一大票人！）已經累到極限，疲倦到得暫停才行。之後，我的印象就是平坦和潮濕，接著一切就是精神錯亂。滿腦子盡想著不該想的事的那種精神錯亂。

倏地，我又能感受到動靜與聲音了。我感受得到心臟激烈跳動，也聽得見心跳聲。接著是一片空白的暫停。然後，除了感受得到動靜與聲音外，觸覺也回來了。一陣刺痛感傳遍我全身。隨後，我只是意識到自己還活著，卻還無法思考。這種情況持續了很久。接下來，忽然之間，我能思考了，一股教人顫慄的恐懼襲來，我認真想了解自己實際所處的狀態。隨後我又巴不得自己不省人事地昏過去。然後，我的心智力猛地恢復，也能成功移動身子。這下子，審判、法官、黑色掛幔、判決、不舒服的感覺、昏厥等等，我全都回想起來了。只是，我完全忘了後來發生的種種。那些事，日後的我要相當努力回想，才有模糊記憶。

到目前為止，我都還沒睜開雙睛。我覺得自己人平躺著，沒有被綁住。我把手伸出去，手重重落在某種又溼又硬的東西上。我就那麼把手放在上面，放了好一會兒，同時努力思考自己可能身處何地，成了什麼模樣。我很想睜開眼看，卻又不敢。我怕看到周圍的東西。讓我驚恐的，並不是擔心自己看到可怕的東西，而是萬一周遭什麼也沒有。最後，我懷著豁出去的心態，迅速睜開雙眼。這下子，果然被我料中最糟的情況。包圍著我的，是無盡黑夜的黑暗。我奮力吸著氣。黑暗的濃重，彷彿壓迫著我，要讓我窒息。那空氣的悶熱，更教人受不了。我依然靜靜躺著，想辦法運用自己的理智。我想起了審訊的過程，以此，我試著推斷自己目前的實際狀況。早就宣判過了，感覺起來那已經是好久以前的事啊。話說回來，我完全不以為自己真的死了。這可不是大家讀的虛構故事。我人明確存在，若以為自己死了，豈不完全矛盾。既然如此，我人究竟在哪裡，又處於什麼樣的狀態？我知道宗教審判的死刑犯，通常會遭受火刑處決。我接受庭審當晚，就有一件。難道我被還押地牢，要等上幾個月，才輪得到下一次火刑嗎？念頭一出，我馬上知道這不可能。那些犧牲者，都是立刻處死。何況，我的地牢和托萊多[1]所有的死牢一樣，都是石頭地板，而且還是有光照得進來。

這下，一個可怕的念頭讓我心臟的血液如波濤泉湧，我再次不省人事地昏厥過去。不一會兒，醒過來後，我立刻起身，全身上下如痙攣般震顫不止。我的手臂先奮力向上一揮，再往四面八方伸去。雖然什麼也沒碰到，但我還是一步也不敢動，擔心自己可能會被墓穴四周的牆擋住去路。我身上的每個毛孔開始冒冷汗，額頭上頂著斗大冰冷的汗珠。最後，我終於忍受不了提心吊膽的痛苦，伸開雙臂，謹慎小心地朝前移動。我奮力用眼搜尋，希望看到一絲微光。我走了好多步，只是，一切還是黑暗一片，空空如也。我呼吸較順暢了。感覺起來，起碼我的命運還不算最差的。

這會兒，我一邊繼續小心地往前走，腦海一邊模模糊糊地湧現無數個托萊多有多麼可怕的傳言。有人說那裡的地牢有奇怪的事。雖然我向來都當那些是虛構故事，但畢竟離奇，也太嚇人，只能私下流傳，不能重述。難道我要在這地底下的黑暗世界裡餓死了嗎？或是有更可怕的命運等著我？我太清楚那些法

1 托萊多（Toledo），位於西班牙中部，歷史悠久的古城。

官的性格了，不用懷疑，結果都是死路一條，而且是痛苦猶勝一般的死法。我唯一能想的，或者說，唯一能讓我分心的，就只是死法還有死期的問題而已。

我伸出去的雙手，總算碰到某種堅硬的障礙物。那是一道牆，感覺上是石砌的牆，非常平坦、黏滑又冰冷。我想起某些古老的故事，於是心懷謹慎與猜疑地順著牆，一步步地走。只是，這樣子我沒辦法確認地牢的大小。因為我可能不自知自己繞了一圈回到出發的點，畢竟這牆壁根本完全一模一樣。因此，我掏找著被帶進審訊室時，就放在口袋裡的小刀。但是，刀不見了。他們把我的衣服，換成了寬鬆的粗斜紋嗶嘰長袍。本來我想在石牆用刀片用力劃道小縫，如此便能知道自己從哪裡出發。雖然我一開始胡思亂想時，這點子好像難得不得了，不過，其實困難度微乎其微。我撕下長袍的褶邊，將它跟牆呈直角完全攤開。如此，我摸索著牢房繞完一圈，一定會碰到這條縫邊。最起碼我是這麼盤算的。只不過，我沒料想到地牢有多寬、而我自己又有多虛弱的問題。地面濕滑。我踉蹌地往前走了一下，就踩不穩跌跤了。這一跌，由於我過度疲憊，索性就不站起。而俯臥在地上的我，很快又睡著了。

醒來時，伸展手臂的我，摸到身旁有塊麵包和一壺水。我精疲力竭無法想這怎麼回事，就狼吞虎咽地吃喝起來。不久之後，我又重新繞著牢房走，費了好大力氣終於碰到那條撕下的褶邊。在我跌倒前，我算自己走了五十二步，從我繼續走開始，我又算了四十八步才碰到撕下的破布條。這麼一來，總共是一百步。兩步約算一公尺的話，我推定地牢一圈將近五十公尺。只不過，我在走的時候碰到很多邊邊角角，這麼一來，我無法猜出這地窖的形狀。我不由自主地就認為這是個地窖。

這些摸索行為，幾乎沒什麼目的，當然也不抱期望。只不過，有種莫名的好奇心，驅使著我繼續這麼做。我離開牆邊，決定穿越這塊密閉空間。一開始我往前走得極其謹慎，因為地板雖然好像材質堅硬，但地上黏滑，非常危險。不過，我最後鼓起勇氣，不假思索，一步步穩穩地走，努力盡可能以一條直線走到另一端。這麼走，我大概走了十步或十二步，長袍褶邊剩下的殘邊，纏到我雙腳。我一腳踩到，人往前重重倒下。

這一跤摔得我莫名其妙。幾秒過後，我人都還伏在地上時，才注意到方才沒能立即搞懂的情況，有點嚇了我一跳。是這樣的。我的下巴靠在牢房的地上，感覺起來嘴唇與上半部的臉雖然比下巴還朝下些，卻沒有碰到東西。同時，我的額頭好像浸在濕冷的水蒸氣中，一股腐爛真菌的獨特臭味直衝我的鼻孔。我一隻手臂往前伸才發現自己就跌在一個大坑的邊緣，嚇得直打哆嗦。不過，我當時顯然對坑的大小無法確定就是了。我往大坑的邊緣下面摸去，用力挖出一小塊碎石，丟下大坑深處。有那麼一會兒，我豎耳聆聽碎石往下掉時，撞擊到石壁的回音。最後傳來一記沉悶的落水聲，緊接著有很大的回音。就在那瞬間，我頭上傳來一個很像門被馬上打開又旋即關上的聲音，同時，一絲微弱的光線也突然劃破黑暗，接著消失。

我清楚看見他們為我安排的死法了。所幸，我意外摔倒，得以及時逃脫。要是多踏一步，我就與世訣別了。我之前認為涉及宗教法庭的傳聞，內容既誇張又不值採信，但我剛剛躲過的死法，就是這一類。對宗教法庭暴政下的犧牲者而言，不是身體受到最痛苦的方式死去，就是精神受到最可怕的方式死去。我本屬於後者。長期的折磨下來，我已精神衰弱，連聽到自己的聲音都會顫慄，從各方各面來看，我都恰如其分的是最佳的折磨對象。

我四肢發抖，摸索著回到牆邊。我決定，與其冒著不知道大坑有多可怕的險，不如就這麼死去。這下子，我想，這座地牢還有很多這種恐怖大坑。要是換成另一種心境狀態，我搞不好有勇氣跳進這樣的深坑，一了百了。只不過，當下我卻是個十足的懦夫。而且，我也忘不了從前讀過的關於這些大坑的敘述，最可怕的，就是你不會快速死去。

心神的不安讓我清醒了好久，只是，我最後又睡著了。醒來時，我發現身邊又跟之前一樣，有塊麵包和一壺水。我舌燥口乾得不得了，便一口氣喝光壺裡的水。我肯定是被下藥了，因為，水都還沒入喉，我就睏得難耐。我沉沉睡去，一如睡死了那樣。顯然我不清楚自己睡了多久，但再次睜開雙眼時，我看得見周圍東西了。在一道猶如地獄之火的離奇光束照射之下，我看到這座牢房的大小和外觀。但光來自哪裡，我一開始並不知道。

我完全搞錯牢房的大小。繞牆一圈總長不超過二十五公尺。有好一會兒，這件事讓我覺得白費那麼多力氣，真的徒勞無益啊！身處在這種可怕的情況下，地牢的大小，根本一點也不重要吧？話雖如此，我滿腦子卻盡想著這種小事，還瞎耗心神地要搞清楚自己測量時所犯的錯誤。最後，我總算恍然大悟。我第一次探索這空間時，在跌倒前，共數了五十二步。當時我離破布條一定只差一、兩步而已，其實我已經幾乎繞完牢房一圈了。後來我睡著，接著醒來時，我肯定是往回走，這麼一來才以為一整圈是實際長度的兩倍。我的思緒混亂，才會沒發現自己一開始走的時候，牆在左側，走完時，牆卻在右側。

我還誤判了牢房的形狀。我邊摸邊走的時候，發現有許多邊邊角角，所以才推論房間的形狀相當不規則。睡醒也好，從昏沉中回神也罷，眼前一片黑暗所產生的作用實在非同小可！那些邊邊角角，不過是幾個分布不規則的凹陷處或壁龕罷了。牢房大致上是正方形的。我原本以為的石材，如今看來應該是大塊大塊的鐵板或其他金屬板，而凹陷處就是這些板材兩兩接縫連結的地方。這個封閉的金屬空間滿是教人看了不舒服的圖像，畫風粗糙，源自僧侶盲目的藏骸崇拜。威嚇的、骷髏頭的，以及其他讓人看了更害怕的惡魔畫像，滿布牆上，難看得很。我發現，這些怪物的輪廓還算清楚，但顏色卻好像褪了，模模糊糊的，似乎是濕氣所致。這會兒我也注意到地板了，是石材鋪的。牢房中間則是圓形大坑，我就從它的大口逃過一劫。不過，地牢裡只有這一個大坑就是了。

我費了好大的勁才看到這些東西，但看得並不清楚。這是因為，在我睡著的時候，情況起了很大的變化。我現在人直直平躺著，被一條好像用來繫馬鞍的帶子，牢牢綁在低矮的木架上。帶子在我的手腳跟身體纏了很多圈，只剩頭可以自由轉動。還有，用力的話，我的左手臂也可以搆到旁邊地板上陶盤裡的食物來吃。我驚恐地發現水壺被人拿走了。之所以說這讓我感到驚恐，是因為我整個人口渴難耐。顯然，虐待我的人，故意要讓我舌燥口乾。因為陶盤內的食物，是調味濃重的肉。

我往上看，環視牢房的天花板。它離我頭頂大約九到十二公尺高，結構跟牆壁差不多。天花板其中一塊板子上，有個奇特的畫像讓我目不轉睛。畫的是我們常見的時間老人的模樣，只不過，他手中握的不是大鐮刀。乍看之下，我猜那畫的是我們在古董鐘上會看到的巨大鐘擺。話說回來，這個器械的外觀好像有點奇怪，我又更注意地看。我一邊直直朝上盯著鐘擺看（因為它就在我正上方），一邊覺得好像看到它動了。才剛那樣想完，我就確定自己沒有看錯。鐘擺擺盪的幅度小，當然，擺得也慢。我就這麼盯著看了一會兒。與其說害怕，倒不如說想不透。最後，我也看得煩了，就轉而看看牢房裡的其他東西。

有細小的聲音引起了我的注意，我往地板望去，看見好幾隻大老鼠跑來跑去。牠們從我右邊眼角餘光看得到的那個大坑爬出來。在我的注視之下，牠們受到肉味的吸引，還是成群地爬上來，匆匆忙忙的，目露餓極了的表情。得耗費很大的力氣與精神，才能嚇走牠們，遠離陶盤上的肉。

約莫過了半個鐘頭，搞不好都過一個鐘頭了（因為我只能大略計時），我才又向上看。映入眼簾的震撼景象，教我不知如何是好。鐘擺的擺幅已經增加了將近一公尺。想當然耳，速度也快多了。然而，讓我不安的主因，是我看得出來鐘擺也在往下降。我現在發現——更別提我看到時有多麼恐懼，它的下端是亮晃晃的新月形鋼刀，兩角上翹，寬幅約三十公分，下緣顯然鋒利如剃刀。而且，跟剃刀一樣，感覺起來也又大又重，刀口很薄，越往刀背結構越寬越厚實。鋼刀掛在一根沉重的黃銅杆上，在空中擺動時，整個會咻咻地響。

我知道，這肯定是僧侶為我製備的獨創折磨裝置，要送我歸西。宗教法官的密探得知我曉得陷阱的事了。像我這樣膽敢不從的人，就得遭受陷阱的驚恐折磨。根據傳聞，這樣的大坑，代表地獄，是他們所有刑罰裡最極致的一種。出於最單純的意外，我從落入大坑這個陷阱，死裡逃生。我明白，讓人死得出其不意，或是誘人落入折磨之手，就是所有地牢的死法讓人覺得最可怕的地方。我自己沒能跌進去，他們又不打算把我丟進大坑深處，那麼（在別無他法之下），就為我準備一個不一樣、而且溫和一點的死法。溫和一點！我在死前的痛苦下，竟想到要用這麼一個詞，於是露出了一絲絲微笑。

我數著鋼刀急速擺動的次數，度時如年，那種可怕，猶勝死亡。但現在說這些又有何益？鐘擺一點一點……慢慢地……下降，彷彿要隔好久的時間，才看得出來降幅多大。但還是一直下降！幾天過去了——搞不好很多天過去了，才擺到離我很近的距離，近到搧來陣陣刺鼻味。鋒利鋼刀的味道，直衝我的鼻子。我向天禱告，向上天千求萬求，希望刀子快點落下。我像失心瘋了那般，用盡力氣把自己往上撐，迎接那把可怕彎刀的揮動。然後，我又突然平靜下來，好像小孩喜孜孜看著稀罕玩具那樣，躺在那兒，對著亮晃晃的死亡微笑。

接著我又完全失去了意識，這次時間很短，因為我醒來時，看不出來鐘擺有下降。話說回來，也可能時間很長，因為我知道有邪惡的人會留意我昏厥的情況，他們大可隨意讓擺動停下。同樣地，醒來時，我又覺得非常不舒服。噢！難以言喻的虛弱，彷彿長期沒有進食那樣。就算在當時的痛苦之中，人本能地還是渴望食物。我使盡氣力，盡可能把左手臂伸長，搆到大老鼠沒吃完的那一小份剩下的肉。把一點點肉送進嘴裡時，我內心湧現若有似無的念頭，那是欣喜、希望的念頭。不過，希望還和我有什麼關係？就像我說的，那是若有似無的念頭，人常常有這種終究沒有成形的念頭吧。雖然我覺得那是欣喜、希望的念頭，但我同時也覺得這念頭都還沒成形就消亡了。我努力要讓它成形，加以回復，但一點用也沒有。長期的折磨，幾乎徹底消滅了我所有尋常心智能力。我是個低能的人，是白痴一個。

鐘擺的擺動跟直躺的我成直角。我知道，那新月鋼刀的本意就是要劃過我的心臟部位。它會劃破我長袍的斜紋嗶嘰布，它會來回這麼做，一次又一次，一遍又一遍。儘管鋼刀下降時的擺幅寬得嚇人（大約九公尺），而且咻咻的力道足以切斷這些鐵牆，不過，它在好幾分鐘內也只能劃破我的長袍而已。想到這個，我就此打住，不敢再想下去。我堅持集中注意力想這件事，彷彿這麼做的話，我就能止住鋼刀下降了。我強逼自己認真想著彎刀劃過衣服的聲音，想著布料摩擦會對神經引起的獨特興奮感。我認真想著一切無關痛癢的事，直到厭倦為止。

下來了，鐘擺穩定而遲緩地落下。我比較著鐘擺的下降速度和橫向速度，從中獲得瘋狂的快感。向右擺，往左擺，擺得又寬又遠，還帶著幽魂的尖銳聲音。像老虎躡手躡腳朝著我的心臟而來！

我一下想著鐘擺劃過我的心臟，一下想著鐘擺擺動的樣子。隨著我想什麼，一會兒大笑，一會兒又嚎叫，彼此交替。

下來了，鐘擺持續不斷又確確實實地落下！就在我胸前不到七公分的地方擺動著！我奮力、發狂似地想掙脫自己的左手臂。我的左手只有手肘以下可以自由動作。我使勁費力，只能搆到一旁的陶盤，送到我的嘴邊，頂多如此而已。要是我可以弄斷手肘上方的綁帶，也許就可以抓住鐘擺，想辦法讓它停下來。我還不如試著阻止雪崩吧！

下來了，鐘擺依然不停地落下，依然阻止不了地落下！它每一次擺動，我就又是喘氣，又是掙扎。它每揮一次，我就驚厥畏縮。我的雙眼帶著了無生意的渴望，隨著鐘擺飛快地往上或往外轉動。雖然死亡八成就是解脫，但鐘擺下降，我的雙眼就閉起來。噢，這教我怎麼形容！儘管如此，想到這套器械只要下降一點點，就會加快那把亮晃晃的利刀落在我胸口，我的每一條神經還是會發顫。因為希望，我的神經才會發顫，我的身體才會畏縮。就是希望沒錯。那個在刑架上洋洋得意，連在宗教法庭的地牢裡，都還對著臨死之人竊竊私語的希望。

我看，鐘擺再擺個十二次以內，鋼刀就會真的碰到我的長袍了。有了這個看法，一股絕望下深切泰然的冷靜，突然向我內心襲來。這麼多小時以來，搞不好是這麼多天以來，我才頭一次思索盤算。這會兒我才意識到，纏著我的那條綁帶，也就是像馬肚帶的這條帶子，是我身上唯一的一條帶子。他們只用一根帶子綁住我。那把猶如剃刀的彎刀一劃過這條帶子的任何一個部位，帶子就會一分為二，我或許就可以用左手把自己鬆綁。話說回來，那樣的話，鋼刀離得那麼近，太可怕了啊！就算只是輕輕掙扎一下，結果就是一命嗚呼！何況，行刑者的爪牙難道沒預料到這種可能性，先做好適當準備嗎？還有，繞過我胸前的綁帶有可能在鐘擺的擺動軌跡上嗎？我好怕這個微小的希望——而且八成是最後一個希望——破滅，我盡力抬起頭，想看清楚胸前的位置。這條馬肚帶五花大綁地緊纏著我的手腳和身體，只避開索命彎刀擺盪的軌跡。

我頭都還沒後仰恢復平躺，卻突然想到了什麼。這個掠過我腦海的想法難以描述，真要說的話，它補足了我方才稍微提到、那個想脫身念頭的不全。同時，我把食物送進口乾舌燥的嘴裡時，腦中模糊不定的殘缺想法，也因為它而完整了。如今，完整的念頭出現——儘管站不住腳、瀕臨瘋狂、幾近不明，但還是完完整整的念頭。我懷著絕望的惶惶不安，立刻企圖付諸行動。

好多小時下來，緊鄰著我躺著的低矮木架旁，擠滿了成群的大老鼠。牠們不受控制、毫不客氣，如餓虎豺狼。大老鼠紅紅的雙眼直盯著我，彷彿在等著我一動也不動，成為牠們的食物。我心想：「在這大坑裡，牠們慣常吃的是什麼？」

牠們狼吞虎嚥地把陶盤裡的肉吃到只剩一點點，無論我再怎麼盡力阻止也一樣。我習慣性地在盤邊上下來回揮手，這種無意識的動作，一成不變，最後也失效了。這些老鼠想吃東西想瘋了，利齒常常一口咬上我的手指。我把如今盤裡剩下的味重油濃的食物殘渣，徹徹底底地擦在綁帶上我能搆到的部分，然後把手收回來，摒住呼吸，一動也不動地躺著。

面對這樣的變化，一開始，這些餓如豺狼的動物嚇了一跳，害怕不前——我的動作竟然中斷了。牠們機警地往後退。許多還往大坑去了。只是，這不過才一下下而已。我果然沒錯看牠們的貪食。牠們發現我還是一動也不動，有一、兩隻最大膽的跳上木架，聞一聞馬肚帶。這好像在叫大夥一起衝。牠們又重新成群結隊地從大坑裡衝了出來。牠們緊挨木架竄來竄去，然後一大群一大群地跳到我身上。牠們完全不在意鐘擺節奏性的擺動。牠們避開鐘擺，眼裡只有抹了油的綁帶。牠們推呀擠的，越疊越多隻，壓在我的身上。牠們在我的喉嚨上扭來動去，冰涼涼的嘴往我的嘴上湊，那蜂擁而上的壓力，悶得我半死不活。一股無以描述的噁心感在我心中越來越強烈。我的心，隨著極度的濕黏感，打了寒顫。不過，我覺得這種折磨忍個一分鐘就過了。我清楚感受到綁帶有鬆脫。我明白，肯定不只一處斷開了。我懷著超乎常人的決心，依然動也不動地躺著。

我算計得沒錯，而我也沒有白熬。我終於感覺自己自由了。那條馬肚帶斷成一截截，垂掛在我的身上。不過，鐘擺的揮動已經壓在我的胸口，劃破我長袍的嗶嘰布，也割穿底下的亞麻布了。鐘擺又擺了兩下，劇烈的痛楚，傳遍我每一條神經。即便如此，脫逃的時刻來了。我手一揮，那些救了我一命的大老鼠在一陣混亂下趕忙跑開。我一步步穩穩地，小心翼翼地，側著身子，蜷縮起來，並慢慢從纏住我的帶子裡滑了出來，逃出彎刀所及的範圍。至少，我目前自由了。

我自由了！而且是在宗教法庭的掌控下重獲自由！我人都還沒從木製的刑

架下來，踏上牢房的石地板，這可怕器械就終止動作了，而我目睹著它被某種看不見的力量，從天花板拉了出去。這是我要死命牢記的教訓。我的一舉一動，肯定都有人監視。我自由了！但我不過躲掉了一種受苦而死的死法，再被送上另一種更慘的死法。這麼想著的我，焦慮地環顧圈囿我的鐵壁。顯然，牢房有了不尋常的改變，那是我一開始無法明確察知的改變。我花了好一會兒，害怕又恍惚地出神想著、推測著，但淨是白費力氣，沒有邏輯。也就在這段期間，我才第一次察覺到那照亮牢房、猶如地獄之火的光，從何而來。牢房四周牆角有道連續的裂縫，寬約一公分，光就是從這照進來的。這麼看來，牆跟地板是完全分開的。我努力地想透過隙縫看出去，當然，這也是白搭一場。

就在我放棄一窺縫隙外有什麼，正要站起來時，突然明白牢房變化的神祕之處。我先前注意到牆上畫像的輪廓雖然都還算清楚，但顏色看起來卻模模糊糊。如今這些顏色一時之間倒顯得鮮明得令人咋舌，色彩濃烈無比，讓那些如妖似魔的畫像，增添一種連神經比我還鎮定的人，都可能不寒而慄的樣貌。妖魔的眼睛古怪猙獰、活靈活現地從四面八方直瞪著我，閃著烈火般的可怕目光。這一切，都是之前我肉眼看不到的，而且，我不管再怎麼想，都無法認為那不是真的。

不是真的！即便我呼吸時，也有一股燒熱的鐵的氣味直衝我鼻孔裡！牢房滿是讓人呼吸困難的氣味！怒視著我受苦的一隻隻眼睛，每時每刻，越來越紅！同時，更飽滿的腥紅色，也在牆上畫的恐怖畫像間擴散開來。我大口喘氣！我上氣不接下氣地難以呼吸！這肯定又是折磨我的人的設計了——噢，這些人的狠毒無以復加啊！噢，這些人中之魔啊！我躲開發紅的金屬牆，蜷縮到牢房中間。我一邊想著眼前火燒的極刑，一邊想到大坑的沁涼，心裡猶如獲得慰藉一般。我衝向危險的大坑邊緣。我睜大眼睛朝下望。天花板燃燒的強光，照亮了大坑的最深處。只不過，慌亂之中，我的內心一度拒絕去了解眼前景象的意義。最後，眼前景象的意義強行進入了我的腦海深處——我抗拒不了——烙印在我那哆嗦不止的理性之上。噢，這教我怎麼說啊！噢，這般可怕！噢，再無比這個更可怕的了！我放聲尖叫，從大坑邊跑開，雙手摀著自己的臉，悲痛大哭。

牢房的熱度增加得很快，我再次抬頭上望，自己抖到像瘧疾發作時身體止不住發抖一般。牢房有了第二回的變化，這次的變化顯然在形狀上。我跟之前一樣，一開始都白費力氣地想辦法要明白或理解究竟發生什麼事。只不過，不久我就清楚了。我躲過了兩次，宗教法庭因此加快對我報復的腳步，沒有再跟死神蹉跎這回事了。牢房本來是正方形的。這會兒，我發現牢房的兩個鐵角變成了銳角。因此，另外兩個成了鈍角。這可怕的角度差，很快地隨著低沉的隆隆聲或嗚咽聲越來越大。瞬間，牢房的形狀就變成菱形的。儘管如此，變化還沒完。我既不希望這就此停止，也不渴求這就此打住。我大可把燒紅的牆當成安息的斂衣，往胸前這麼一扣。「就是一死。」我說，「只要不是落入那口大坑的死法，怎麼死都好！」我真是愚蠢！難道我不曉得燒紅鐵牆的目的，就是要逼我跳坑嗎？我可以抵抗得了這鐵牆的熱嗎？或者說，就算可以，我有辦法承受鐵牆的擠壓嗎？這下子，菱形變得越來越扁，速度快到我連思考的時間都沒有。牢房的中間，沒錯，也就是最寬處，差不多就是那大坑的寬度。我身體向後縮，不過往內收的牆壁又壓著我毫無抵抗地向前。最後，牢房的地板再也沒有一點可以站的空間，能容下我被燒灼而痛苦扭動的身軀了。我不再掙扎，而在我大聲發出絕望的最後一道尖叫聲中，我內心所受的極度痛苦，得到了抒發。我覺得自己在大坑的邊緣搖搖欲墜——我別過頭不看。

有一陣亂哄哄的人聲！又突然傳來大聲的合奏，好像是許多人吹著喇叭！接著是刺耳的隆隆作響，猶如千雷貫耳！燒得火紅的牆急速向後退去！就在我昏厥過去掉入大坑深處的當口，伸來了一支手，將我一把抓住。那是拉薩爾將軍[2]的手。法軍已經進入托萊多城。如今，宗教法庭落入了敵翼的手中。

2 拉薩爾將軍（General Lasalle，1775-1809），拿破崙愛將，率領的部隊被譽為「來自地獄的鐵騎」。

# 橢圓形的肖像畫

## The Oval Portrait

為了不讓傷況危及的我，露宿戶外，我的貼身男僕硬闖入一座莊園式城堡。那座城堡，自古以來矗立於義大利亞平寧山脈間，是看來莊嚴又陰森的建築群之一，簡直就像雷德克里夫夫人[1]筆下的古堡。從整體的外觀看來，這座城堡的主人，才離開不久，而且應該只是暫時離家。我們在其中最小也最不奢華的房間裡，安頓了下來。那房間坐落於主建物邊遠的塔樓上。雖然房內裝飾豐富，但都老舊不堪。牆上掛有壁毯，房裡還有各式各樣的武器展示品，以及數量異常龐大的現代畫作。那些畫活靈活現，裱在裝飾精美的金色畫框裡。不

1 雷德克里夫（Ann Radcliffe，1764-1823），英國作家。小說以黑暗的古堡、詭奇的地景與神祕的氣氛聞名。

只主牆面上掛了這些畫，古怪的莊園式城堡建築裡一定都有的隱蔽角落，也掛了很多。或許是因為我患了初期譫妄症，這些畫讓我深感興趣。所以，我命派卓闊上厚重的窗遮——畢竟都已經晚上了，點起我床頭邊高腳分枝燭台上的蠟燭，再大力將圍起床的黑絲絨流蘇布簾通通拉到一邊。我之所以希望這樣，是因為就算我沒有休息睡覺，起碼也可以好好思考一下這些畫作，細細讀一讀枕頭上找到的那本介紹與評論畫作的小冊子。

我花了好久好久的時間，全神貫注、目不轉睛地讀著那本小冊子。時間飛快地過去，才一下子，已是午夜。我不喜歡高腳分枝燭台的擺放位置，又不願打擾沉睡的貼身男僕，於是，便使勁伸手，將它移到光線可以完全照在小冊子上的地方。

只不過，我的動作，倒產生教人完全意想不到的結果。這下子，好幾枝蠟燭的光線（因為分枝燭台上有很多蠟燭），照進房裡的一個壁龕。在此之前，它一直被其中一根床柱的影子擋住了。在強光下，我看到一幅先前沒注意到的畫。那是一幅年輕女孩的肖像畫，畫中主角芳齡及笄，剛從女孩成為女人。我匆匆瞥了那幅畫一眼，就閉上眼睛，連我自己一開始都不清楚為何要這麼做。不過，緊閉雙眼之時，我心裡倒好好想了一想何以會閉眼。那是衝動下的動作，目的是為了有時間思考，為了確認自己沒被眼前所見之物蒙蔽。我要安撫、平息自己的胡思亂想，從而讓頭腦更清楚，得以更確實地凝視那幅畫。就這麼一會兒後，我再次睜眼聚精會神地看著那幅畫。

這會兒，毫無疑問地，我看得可清楚了。燭光一照在畫布上，那種讓我頓時五感皆失的如夢似幻恍惚感，好像就消退了，而我因此立刻驚醒。

我說過，那是一幅年輕女孩的肖像畫。畫的只有頭部和肩膀，用的是所謂的「暈映」技法[2]，頗有蘇利[3]筆下受歡迎的肖像畫畫風。人物的雙臂、胸部、甚至連閃閃發亮的髮尾，都不知不覺地融進畫裡陰暗幽深又朦朧不明的背景之

---

2 暈映（vignette），為繪畫技巧，特色是主體彷彿跟背景交織，沒有明確的空間界線，使作品產生朦朧、夢幻的感覺。

3 蘇利（Thomas Sully，1783-1872），美國畫家。以女性肖像畫聞名，畫風浪漫優雅。

中。橢圓形的畫框，塗上了厚厚的金漆，還有摩爾式風格[4]的金絲飾邊。作為一件藝術作品，這幅畫本身就已經教人嘆為觀止。儘管如此，並不是因為作品的技法，也不是因為畫中人容貌的不朽之美，才讓剛才的我突然受到如此強烈的感動。尤其不會是因為我在半夢半醒間，所以誤以為畫中的頭像是活人的頭吧——怎麼可能！我一這麼想，不到片刻，就打消了這個念頭。一定是肖像畫的構圖、暈映技法，還有畫框等太特別也太獨到了，我才會那麼想。我繼續半坐半躺、兩眼直直盯著那幅肖像畫，差不多看了一個鐘頭之久。最後，我覺得自己了悟了這畫作的真正奧妙，才躺回床上。在畫中人栩栩如生的表情裡，我發現這幅畫讓人著迷之處。對此，我先是一驚，到頭來滿懷困惑，只能拜服，更心生恐懼。接著，我敬畏萬分地將分枝燭台移回原先的位置。如此一來，我就不會再看到這個讓內心深感煩亂的東西了。然後，我急著找剛剛那本討論畫作及其歷史背景的小冊子，翻到描述這幅橢圓形肖像畫的那一頁，讀起了以下這段意義含糊的古怪文字：

「她待字閨中，有絕世之美，而且還快樂活潑。她與畫家相識、相戀、結為連理，不幸時刻於焉到來。畫家熱情、勤勉、禁慾，又已經將藝術當成自己的最愛。而這處子之身的女子美得不可方物，活潑可人，如同小鹿般歡快、愛玩。她雖然熱愛也珍視一切事物，卻唯獨痛恨自己的情敵，也就是藝術。唯一讓她懼怕的，就是那些從她身上奪走愛人臉龐的調色板、畫筆，還有其他難以對付的畫具。所以，對這名年輕的新嫁娘而言，就連聽到畫家丈夫提到想畫自己的肖像，都覺得很可怕。然而，她地位卑微又秉性乖順，便乖乖地在高聳塔樓的陰暗房間裡，坐了好幾個禮拜。那房裡只有從頭頂灑落在白畫布上的光。即便如此，這位自豪於工作的畫家，卻日復一日，時復一時地作畫。他又是個充滿熱情、個性不羈、喜怒無常、會沉迷於幻想的人，以至於沒發現妻子被慘淡灑落於孤零塔樓的光，照得意志消磨，健康折損。但其實一眼便可得知，妻子的心只渴望丈夫。不過，妻子依然動也不動地微笑坐著，毫無怨言。因為，這位妻子明白，名聲卓著的畫家丈夫從工作中得到莫大的快感，日以繼夜地畫

4 摩爾式風格（Moresque），源自伊斯蘭蔓藤花紋的西方裝飾風格。

著深愛著他、卻日漸憔悴虛弱的自己。也的確，有些看到這幅肖像畫的人，會彷彿不可置信地竊竊低語，說畫像多麼像真人。與其說畫家能力深厚，不如說這證實了畫家對自己描繪得如此完美的妻子，愛得多深。然而，最後，畫作接近完工之時，畫家不准任何人進入塔樓，因為他對自己作品的狂熱已經走火入魔，只有看妻子的臉時，眼睛才會離開畫布。他也沒發現自己在畫布上塗開的色彩，就汲取自身旁妻子的雙頰。又過了幾個禮拜，當畫作幾乎就要完成，只剩嘴上再添一筆，眼睛再補點色時，這名妻子的精神又如同油燈裡閃爍搖曳的火苗一樣，振奮了起來。最後一筆補上了，接著最後一點顏色也塗上了。畫家站在自己努力完成的作品前，出神地望了一會兒。但下一刻，他的眼睛雖然還定定地看著這幅肖像畫，他卻渾身顫抖、面色非常蒼白、嚇呆似地驚恐大叫：

『這真的就是生命！』接著他猛地轉頭看摯愛的妻子，妻子卻死了！」

# 亞瑟府的沒落

作　　者　愛倫坡（Edgar Allan Poe）
譯　　者　沈聿德
主　　編　呂佳昀
助理編輯　楊宜臻

總 編 輯　李映慧
執 行 長　陳旭華（steve@bookrep.com.tw）

出　　版　大牌出版 / 遠足文化事業股份有限公司
發　　行　遠足文化事業股份有限公司（讀書共和國出版集團）
地　　址　23141 新北市新店區民權路 108-2 號 9 樓
電　　話　+886-2-2218-1417
郵撥帳號　19504465 遠足文化事業股份有限公司

封面設計　許晉維
排　　版　新鑫電腦排版工作室
印　　製　博創印藝文化事業有限公司
法律顧問　華洋法律事務所　蘇文生律師

定　　價　350 元
初　　版　2023 年 10 月



電子書 E-ISBN
9786267378052（EPUB）
9786267378069（PDF）

國家圖書館出版品預行編目資料

亞瑟府的沒落 / 愛倫坡 (Edgar Allan Poe) 著 ; 沈聿德 譯 . -- 初版 . --
新北市 : 大牌出版 , 遠足文化事業股份有限公司 , 2023.10
240 面 ;14.8×21 公分
譯自 : The Fall of the House of Usher and Other Great Tales
ISBN 978-626-7378-04-5 ( 平裝 )

874.57　　　　112015534